MÉMOIRES
D'UN FACTEUR

(SCÈNES DE MŒURS RUSTIQUES)

PAR

ADOLPHE CHEVASSUS

ARBOIS

IMPRIMERIE ET LITHOGRAPHIE ABRIOT

1882

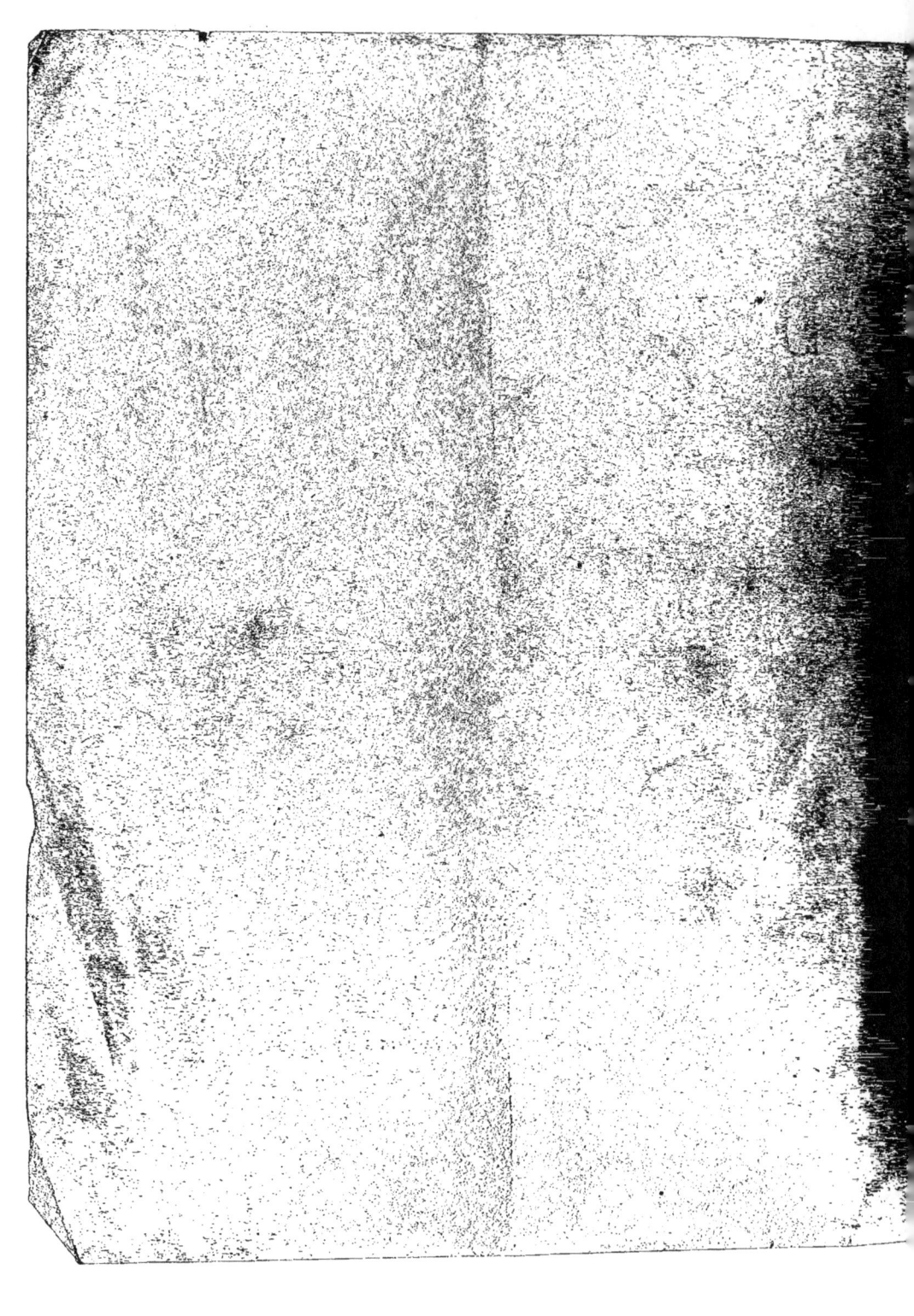

MÉMOIRES
D'UN FACTEUR

(SCÈNES DE MŒURS RUSTIQUES)

PAR

Adolphe CHEVASSUS

ARBOIS

IMPRIMERIE ET LITHOGRAPHIE ABRIOT

1882

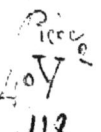

MÉMOIRES
D'UN FACTEUR

AVANT-PROPOS

— Vous voulez, M. Gaston Desprels, que je vous raconte mon histoire ?
Drôle d'idée que vous avez là — sauf le
respect que je dois au fils de mon ancien
maître — car enfin, en quoi la vie d'un
pauvre diable comme moi pourrait-elle
bien amuser un parisien comme vous,
un homme « stylé » et qui fait des livres...?

— C'est précisément parce que je fais
des livres que je désire connaître ton
histoire, Jean Midol ; peut-être y trou-
verai-je matière à quelque ouvrage
nouveau ; justement je suis à court de
sujets, et tu m'obligeras de m'en faire
le récit. Je couperai cela par chapitres
et j'intitulerai le tout : *Mémoires d'un
Facteur.*

— Je n'ai rien à vous refuser, et du
moment que cela peut vous être agréa-
ble, je vais vous conter cela à ma manière, « à la bonne franquette, » comme
on dit. Vous arrangerez la chose à votre gré...

— Sois tranquille ; je tâcherai de
donner à ta narration le tour littéraire
qu'elle comportera. Simple affaire de
forme, au surplus ; le fond du récit sera
de toi, car j'en veux noter avec un soin
scrupuleux non-seulement les moindres
détails, mais encore les réflexions dont
tu jugerais à propos de l'assaisonner.
Va donc, je suis tout oreilles.

Aussitôt Jean-Agnan Midol de narrer
l'histoire qu'on va lire, histoire re-
cueillie, revue et corrigée par son in-
terlocuteur.

I.

LA VIE A SAVIGNY. — ENFANCE ET PREMIÈRE JEUNESSE DE JEAN MIDOL.

Je suis né à Savigny-en-Revermont — commune importante située à la lisière de la
plaine dite de Bresse qui s'étend jusqu'au pied
des escarpements jurassiens — de parents
pauvres mais honnêtes, le 17 novembre 1820,
le beau jour de la Saint-Agnan, même qu'il
gelait à pierre fendre, à ce qu'on m'a dit. De
là l'un de mes prénoms, Agnan. Mon père
était journalier ; ma mère faisait des ménages
et, à l'occasion, retapait les matelas, chauffait
le four chez l'un, coulait et lavait la lessive
chez l'autre, et, deux fois la semaine, s'en
allait vendre au marché voisin, pour son
compte ou pour le compte d'autrui, du
beurre ou des œufs ; car il faut vous dire que
ma mère avait une basse-cour : dix ou douze
poules, sans parler d'un superbe coq, bien
campé sur ses ergots, plus fier sur son tas de
fumier qu'un paon sur une gerbe ; quant à son
bétail, il se réduisait à une vache, qu'à cause
de la couleur de son poil on nommait la

Noire, excellente laitière, dont les mamelles ne tarissaient pas. Pour tout bien au soleil, mes parents possédaient une bicoque à toit de chaume, construite partie en briques, partie en *pisé*, avec un terrain attenant, grand comme deux draps de lit posés bout à bout, qui était à la fois leur jardin et leur champ : une part étant réservée aux légumes et plantes potagères, tandis que, dans l'autre, poussaient le chanvre et le blé de Turquie. Je me la représente encore, la maisonnette, si proprette au dedans, à l'extérieur si avenante à l'œil et si bien enguirlandée de maïs ; il me semble que je reconnaîtrais le puits de la petite cour, la haie vive de l'enclos, le sentier tournant à gauche et fuyant sous bois, tout cet ensemble, en un mot, plein de calme et de fraîcheur et souriant comme une aube de mai. Et pourtant, Dieu sait ce qu'il a passé d'eau sous le pont depuis que j'ai quitté Savigny pour la première fois.

Vous comprenez, n'est-ce pas, qu'avec ce modique avoir mon père et ma mère ne devaient pas rouler sur des mille et des cents ? Il est vrai que, laborieux et économes, ils avaient en réserve quelques petites économies ; mais qu'était-ce que cela ? Je n'en étais pas moins pour eux une charge nouvelle. Non pas qu'ils s'en plaignissent, les bonnes gens, bien au contraire ; ils m'adoraient. C'est au point que mon père n'était vraiment heureux que lorsque, sa journée faite, il pouvait tout à son aise, me faire sauter sur ses genoux. Quant à ma mère, elle ne se lassait pas de m'embrasser. Un enfant, c'est souvent l'unique joie d'un pauvre ménage : j'étais comme un rayon de soleil pour cet intérieur, où régnait, du reste, le plus complet accord. Si peu fortunés qu'ils fussent, mes parents avaient désiré avoir un héritier. Un héritier de quoi ? me direz-vous, connaissant le peu qu'ils devaient plus tard lui laisser. C'est égal, ma venue en ce monde réalisait un de leurs vœux les plus chers. Peut-être ai-je dû à cette circonstance, d'arriver plusieurs années après leur mariage, et alors qu'ils commençaient à désespérer de voir jamais leur union fécondée, d'être plus choyé que ne le sont d'ordinaire les enfants des pauvres gens. Quoiqu'il en soit, à partir de ce moment

mon père, qui avait *peiné* beaucoup déjà, en raison du maigre résultat obtenu ; mon père, dis-je, eut une préoccupation constante : celle de gagner le plus d'argent possible, afin de me faire, un jour, la vie moins dure que n'avait été la sienne jusqu'alors. Ceci le décida à traiter avec un propriétaire voisin, pour cultiver à moitié fruits un lot de terrain. Surcroît de travail, mais aussi surcroît de bénéfices, puisqu'il n'en continuait pas moins, d'ici de là, d'aller à ses journées comme devant. Ma mère, elle aussi, eut à cœur d'ajouter à ses menus profits de basse-cour. Elle engraissait des volailles, qu'elle vendait ensuite sur le pavé de Louhans. Ces deux nouvelles sources de gains, réunies à ce que vous savez, pouvaient éloigner la gêne du foyer, mais n'y amenaient pas encore le bien-être.

Cependant, je grandissais dans ce milieu rustique, à la façon d'un jeune sauvageon : la vie au grand air, les courses à travers champs, nu-tête et pieds nus, m'avaient rendu *luron* (1). De fait, étant bien constitué, je devais physiquement gagner à ce genre d'existence qui, de bonne heure, assouplit vos membres, vous endurcit à la fatigue et vous familiarise avec les durs travaux. Tel était, du moins, l'avis des anciens du village, et un peu aussi de mon père, qui, lorsque j'eus atteint ma dixième année, trouvait que j'avais de quoi, ce dont il était fier.

J'accompagnais ma mère aux marchés de Louhans ; c'est moi qui chargeais les cages au départ, et les déchargeais à l'arrivée ; j'aidais à la vente à Savigny ; mon père m'utilisait aux menus labeurs de culture, voulant ainsi me donner goût à son état, qui plus tard, disait-il, serait le mien. Il ne se doutait guère, le cher homme, qu'il changerait un jour de métier, et que si je devais lui succéder en quelque chose, ce ne serait pas en qualité de cultivateur. Parmi temps, je menais paître la *Noire* à travers les communaux.

A onze ans, je n'avais encore mis le pied à l'école. Or, un jour, le curé qui daignait me trouver quelque intelligence, et le *maître* qui jugeait que je n'étais pas la moitié d'une bête, firent tour à tour observer à mon père

(1) En langage populaire : fort, vigoureux.

qu'il était grand temps de me *pousser*, et même l'accusèrent d'incurie à mon endroit sous le rapport de l'instruction. Mon père, qui savait lire et écrire, rien de plus, mais qui avait du bon sens, pesa le reproche et le goûta. Certes, il n'aurait pas mieux demandé que de me *pousser*, mais encore fallait-il en avoir les moyens. Le curé, il est vrai, offrait de m'enseigner le latin sans qu'il en coûtât un rouge liard à mon père; mais où cela me conduirait-il si, une fois lancé dans cette voie, je ne pouvais, faute d'argent, achever mes hautes classes dans un collège ? Il fallait ou aller jusqu'au bout dans cette voie, ou renoncer à m'y engager. Ces raisons déterminèrent mon père à adopter un moyen terme, c'est-à-dire à m'envoyer chez le magister comme demi-pensionnaire, l'école étant à une grande distance de notre habitation.

Lire et écrire couramment, ce fut pour moi l'affaire de quelques semaines. J'eus bientôt appris ensuite que deux et deux font quatre, et que la ligne droite est le plus court chemin d'un endroit à un autre. Au bout de deux ans, j'avais réalisé de tels progrès que tout ce que put faire le maître, qui désormais n'avait plus rien à m'apprendre, ce fut de conseiller à mon père de me retirer, mais pour me placer dans une École supérieure, assurant que, doué comme je l'étais, je pouvais être autre chose qu'un simple travailleur de terre. Il avait peut-être raison, le maître. Toutefois, ma destinée devait me ramener au sillon.

Me placer dans un établissement d'enseignement secondaire, c'étaient des frais à faire, et puis il eût fallu m'envoyer au loin, et pour longtemps ; et l'on avait besoin de moi à la maison, parce que j'étais où touchais à l'âge où j'y pouvais rendre de réels services. Ceci décida mon père à me garder auprès de lui ; du reste, il pensait, lui, que j'en saurais toujours assez pour mener à bien mes petites affaires.

Jusqu'à présent, et sauf les derniers temps de ma vie d'écolier qui, à cette heure, m'apparaissent encore moins confusément que le reste, je ne vous ai guère rapporté de mon histoire que ce qui m'a été raconté à moi-même. Qui, d'ailleurs, parvenu à l'âge où je suis, se souvient exactement des jours de son enfance ?

Je glisse sur les premières années de mon adolescence, qui n'offrent rien de bien attrayant. Mon existence devint celle de mes pareils : besogner aux champs durant la semaine, et le dimanche, après la messe, vider un pot avec les amis dans l'auberge du bourg, faire sa partie au jeu de quilles, à l'occasion, danser avec les jeunesses de l'endroit. Un beau temps que ce printemps de la vie, et cependant, expliquez ça : à dix-sept ans, on aspire déjà à vieillir, on voudrait en avoir vingt, comme si le temps ne marchait pas assez vite. C'est qu'à vingt ans, on est homme, du moins on passe pour tel à Savigny ; c'est le moment où votre sort se décide. On sait alors, ayant satisfait à la loi de la conscription, si l'on doit rester laboureur ou devenir soldat ; d'aucuns même attendent impatiemment cette époque pour se marier. Si, en effet, le sort leur est favorable, ils passent d'emblée aux accordailles, et de là aux épousailles. Si, au contraire, ils sont, de par leur numéro, appelés au service militaire, alors ce sont des pleurs de la part du conscrit en partance, comme de la part de la belle sur laquelle il a jeté son dévolu. Je sais bien que depuis les choses ont changé de face, mais c'était ainsi de mon temps. Sept ans de service, cela devait en effet sembler long. Mes parents ne pouvaient songer à me faire un remplaçant en cas de maléchance ; les hommes étaient chers à ce moment-là : non-seulement toutes leurs économies y auraient passé, mais encore il leur aurait fallu emprunter pour parfaire la somme, peut-être hypothéquer ou vendre soit la maisonnette, soit l'enclos.

Tout au moins, direz-vous, ils pouvaient m'assurer contre les chances du tirage. D'accord. Mais c'était encore une pièce de 7 à 800 francs qu'il fallait trouver pour cette opération, et comme cela les eût mis dans la gêne ! Et si, d'aventure, j'amenais un bon numéro, n'était-ce point de l'argent versé en pure perte ? Non, je ne le voulus pas : si le sort me favorisait, c'était autant d'épargné, sinon j'aurais un peu plus d'argent pour ma route.

Mais il était écrit, paraît-il, que je serais

soldat : j'amenai le n° 1. Ce ne fut pas la faute de ma pauvre mère, qui, le mois d'avant le moment fatal, avait fait neuvaine sur neuvaine, sans parler des cierges brûlés en l'honneur de saint Agnan, espérant ainsi me rendre le sort propice. Comme elle se désola ! Et mon père ! La maison devint d'un triste !!... Heureusement que j'étais là encore pour relever leurs courages abattus.

J'étais tiré dans le 3me chasseurs à cheval, un beau corps, et je devais rejoindre à Lyon, pour de là passer en Afrique, où se trouvait mon régiment. J'avais cette chance de ne point partir seul ; Grégoire Nicolot et Jacques Larfeuillet, deux pays atteints aussi par le sort, devant être incorporés dans des garnisons du Midi, m'accompagnaient jusqu'à Lyon. Ma mère ne voulut me quitter qu'à Louhans, où je pris, à minuit, la voiture de Lons-le-Saunier à Tournus, voiture improprement appelée diligence et qui, à cette époque, mettait dix mortelles heures à faire environ douze lieues de pays.

II

SEPT ANS EN AFRIQUE. — DOULEURS ET MISÈRES.

Pour moi qui, sauf mes voyages à Louhans, n'avais jamais perdu de vue le clocher de Savigny — ce clocher « aux quatre sans clochés, » comme on l'appelle — c'était un monde nouveau qui allait s'ouvrir devant mes pas. En côtoyant la Saône, ce n'était plus la Bresse que j'avais sous les yeux, mais bien les vineux coteaux de la Basse-Bourgogne. Grégoire Nicolot ne laissait au village que des parents éloignés : ses père et mère étaient depuis longtemps décédés ; il avait, à Savigny, une petite maison, deux ou trois bouts de champ, et possédait en outre une ferme en montagne, aux environs de Moirans, petite ville qu'habitait une tante à moi, sœur cadette de mon père, restée veuve sans enfants, et sans grandes ressources comme nous-mêmes, d'ailleurs. Barthélemy Midol, frère aîné de mon père, et esprit aventureux, avait, jeune encore, quitté Savigny, pour s'en aller on ne savait où, car, malgré toutes recherches, on n'avait pu découvrir le lieu de sa retraite. Cette tante et cet oncle — à supposer qu'il fût encore de ce monde — constituaient toute ma parenté collatérale. Nicolot, pour en revenir à lui, aurait donc pu vivre à son aise au pays, en faisant valoir son double domaine ; s'il partait, c'est qu'il le voulait bien. — Était-ce chez lui vocation pour l'état militaire, ou seulement envie de voyager sans grands dépens pour sa bourse ? Je l'ignore ; toujours est-il qu'il chantait à tue-tête, le long de la route, quand il ne sifflait pas comme un merle. — Moi-même, remis peu à peu de l'émotion que m'avait causée ma séparation d'êtres chers, je me sentais gagner par la joie bruyante de Nicolot, et de Villefranche à Anse, la plus belle lieue de France, dit-on, nous ne fîmes que chanter des refrains du pays : ça aidait à la marche et, à ce qu'il me semblait, diminuait la fatigue. Quant à Larfeuillet, s'il était distrait, rêveur, c'est qu'il avait laissé là-bas quelque chose qui lui tenait au cœur, la Claudine Vertot. Je ne l'ignorais pas, non plus que Nicolot. Aussi, celui-ci de vouloir le plaisanter sur sa passion pour la Claudine *Banban* (elle boitait), passion qui allait jusqu'à l'empêcher un brin avec les amis, de futurs frères d'armes ; mais Jacques n'entendait pas la plaisanterie sur ce chapitre, et, plus d'une fois, je dus intervenir pour empêcher une rixe d'éclater entre eux. Nicolot était du reste d'un tempérament querelleur, mauvaise tête, et ne passait pas précisément pour être le meilleur sujet de Savigny. Si, au surplus, la Claudine tirait de la jambe droite, elle n'en restait pas moins une fille honnête et travailleuse, et quoique je fusse alors libre de toute attache amoureuse, je comprenais ou croyais comprendre qu'on ne discute pas ces choses-là, que l'on aime parce que l'on aime, et que le jeune homme vraiment épris ne s'aperçoit guère — ou, s'il s'en aperçoit, fait bon marché — de telle ou telle imperfection en l'objet aimé, dont tout le monde, sauf lui, a dès longtemps fait la remarque.

A Lyon, nous nous séparâmes, non sans trinquer à la « revoyance, » comme on dit. Je gagnai ensuite Marseille, puis m'embarquai pour Alger. Je fis mon apprentissage de guerrier aux environs de Constantine. A vrai dire, il ne fut pas long: j'avais pris goût tout de suite au métier des armes ; non pas que j'en voulusse faire ma carrière, mais à la guerre comme à la guerre, dit-on encore, j'avais pris mon parti de la situation. — Je savais me plier à la discipline ; j'étais devenu bon cavalier et, j'ose le dire, assez habile en toutes manœuvres. Sept ans durant, je dus vivre ainsi de la vie de campement, de combats, de haltes et de marches forcées. — Tantôt on nous lançait à la poursuite des Bédouins ; tantôt on nous plaçait en embuscade en vue de surprendre un *gourbi*, de cerner une tribu dans son *douar*, ou de nous emparer d'une *casbah;* tantôt, enfin, on nous rangeait en front de bataille pour quelque chaude affaire.

C'étaient à chaque instant des alertes, des coups de chien. Eh bien, on y allait carrément du collier, on tapait dans le tas. il est vrai que le colonel qui nous commandait nous prêchait d'exemple : un rude lapin et qui n'avait pas froid aux yeux, je vous en réponds.— S'il avait la parole brève, s'il était sobre de discours, du moins il ne mâchait pas ce qu'il avait à dire, et vous couronnait une allocution d'un T.......de Dieu si ronflant qu'on se sentait électrisé.— Au reste, du plus grand jusqu'au plus petit, les officiers du 3ᵐᵉ chasseurs étaient des lurons.— Vous ne sauriez croire à quel point le sang-froid, l'attitude énergique des chefs au moment d'une bataille, font bon effet sur le soldat. — Sans doute, chacun de nous était disposé à faire bravement son devoir; mais n'importe, ça vous enlevait. C'était à qui paîrait le mieux de sa personne, tuerait ou se ferait tuer plus vite.— Dans ces moments-là, on ne songe guère à sa peau.— Quand je pense à ce temps-là, je me demande comment j'ai pu sortir sain et sauf de toutes ces bagarres: car je compte pour rien le coup de sabre d'Arabe qui m'entama la figure et dont je porte encore la cicatrice à la joue droite.— Cristi! quelle danse! Ces masses qui se heurtent dans un pêle-mêle impossible ; le cliquetis du fer, le bruit du canon, de la fusillade ; cette odeur de poudre qui vous empoigne et vous grise ; ce gros de cavalerie qui soudain s'abat sur l'ennemi, vous le culbute : une trombe, Monsieur !

Figurez-vous un de ces ouragans qui hurlent et se tordent dans la Combe d'Ain, un de ces ouragans auxquels rien ne résiste, et vous aurez une idée de la chose : du moins était-ce l'effet que ces charges me produisaient.

Par exemple, le danger passé, on se souvenait des siens, on pensait au pays, au bonheur qu'on éprouverait à le revoir, son congé fini — et la fin du mien approchait. — Plus qu'un an, me disais-je, avant de rentrer dans la mère-patrie. — Certes, l'Algérie est un beau pays, d'une fertilité extrême, bien que mal cultivé. Ah! si le sol y était remué comme en France! Il faut avoir vu Blidah, par exemple, pour comprendre tout ce que peut donner un terrain fécond, sans aucun effort de culture ; des orangers partout, un paradis terrestre. Mais tout cela ne pouvait remplacer mon cher Savigny. — Vous pensez bien que j'étais en correspondance assez suivie avec les hôtes de la maisonnette. — Tout allait bien là-bas, sauf la *dure* résultant de ma longue absence. On se faisait vieux loin de moi, on ne désirait rien tant que de me voir revenir, et même, si l'on avait pu, on aurait tenté de me racheter pour le temps qui me restait à faire, à seule fin de précipiter ma venue. Mais les récoltes dernières avaient été mauvaises; on n'avait fait que peu ou pas de profits dans les petits commerces accessoires ou parallèles à la culture ; la *Noire* dépérissait et ne donnait plus que moitié du lait d'autrefois; ma mère, souffrante, avait dû renoncer à suivre les marchés de Louhans : on voyait bien que je n'étais plus là, toute la maisonnée s'en ressentait. On parlait de moi souvent. Pas une personne venant au logis, qui n'admirât mon portrait en pied, accroché au beau milieu de la chambre, au dessus de la cheminée; et si, d'aventure, on n'y prenait garde, c'est ma mère qui vous le montrait avec orgueil aux visiteurs: « Ça, c'est mon Jean sous son bel uniforme de brigadier de chasseurs. » Car, il faut vous dire que j'étais passé brigadier, à la force du poignet, et que, le jour même de ma promotion, j'avais obtenu d'un artiste du régiment qu'il me pourtraicturât avec mon attirail guerrier, à seule fin d'envoyer la chose là-bas. Cela se passait ainsi de mon temps: pas de conscrit devenu soldat qui, peu après son arrivée au corps, n'adressât aux anciens son image enluminée : souvenir de l'absent, précieusement conservé au foyer de famille....

Un matin, je fus grandement surpris de voir arriver Nicolot à la chambrée : comptant sur un avancement plus facile, il avait, disait-il, demandé et obtenu une permutation de corps, et, du 2me lanciers où il était, à Tarbes, on l'avait autorisé à passer dans un des régiments de chasseurs d'Afrique. Le hasard avait voulu qu'il fût incorporé dans le mien, ce dont il se félicitait, ajoutait-il, car désormais on allait pouvoir guerroyer de conserve. Naturellement, il fallut boire et assez longuement à sa bienvenue, car je ne tardai pas à m'apercevoir que Nicolot levait le coude volontiers. — C'est peut-être pour cette raison que, tout en ayant une certaine instruction, Grégoire a dû de rester simple cavalier. Il faisait néanmoins assez bien son service, et n'était pas dépourvu de bravoure.

— Vienne une affaire, s'écriait-il, et l'on verra. Ce serait bien le diable si je n'accrochais, par ci par là, un bout de grade à la pointe du sabre.

Mais l'occasion de déployer sa valeur n'arrivait toujours point. — Trop tard, Nicolot; les lauriers étaient coupés, les tribus ennemies étaient aux trois quarts soumises : on pouvait entrevoir déjà la pacification prochaine de la colonie. C'était, en tout cas, un temps d'arrêt dans les hostilités.

Et il jurait comme un vrai païen, se prenait à regretter sa détermination.

— Paix pour paix, autant valait rester à Tarbes ; il n'y a que la guerre, vois-tu, pour pouvoir percer; de même qu'au pied du mur on voit le maçon, c'est au feu qu'on voit le soldat.

Tonnerre de Bresse! moi qui ne rêvais que Bédouins à pourfendre, et quand j'arrive la besogne est faite ! Comme je m'explique le mot d'Alexandre-le-Grand à l'endroit de son père, Philippe II de Macédoine: « Il ne me laissera donc rien à faire !.. »

Mais j'oublie que tu ne peux comprendre ça, toi, tu n'as pas appris l'histoire....

Ce que je comprenais dans tout cela, c'est qu'il pouvait bien y avoir un peu de fanfaronnade dans les paroles de Grégoire.

— Vois-tu, reprenait-il, je suis un homme d'action, moi, j'aime la guerre et ses dangers; c'est au feu que se conquiert l'épaulette, et je voudrais...

— Comme ça, tout de suite ?

— Oui bien; t'imagines-tu que je ne saurais pas la porter? Le grade — c'est comme le galon — quand on en prend, on n'en saurait trop prendre. Pardi! te voilà bien loti, avec tes sardines de laine... Avoir fait la chasse au Bédouin pendant sept ans bientôt, pour en arriver là !— Misère! ça valait mieux. N'importe, je le répète, il n'y a que la guerre... Battre le pavé d'une petite ville à ne rien faire, mais on s'ennuie à mourir! Et puis, on n'a pas une latte pour la laisser rouiller au fourreau ! Le diable m'emporte si à cette vie-là je ne préfèrerais pas être ce qu'est en ce moment Larfeuillet !

— Ah! oui, à propos, que fait-il?

— Ce que l'on fait, quand on vous a mis six pieds de terre sur la tête...

— Mort ?

— Et enterré.., et le pire, c'est qu'il est mort de maladie, et non d'une balle qui vous couche proprement sur le champ de bataille. — Une fièvre, une misérable fièvre, qui vous l'a troussé en moins de huit jours, à Montpellier, où cependant il ne manque pas de médecins.. Il y a de cela un mois à peine.

— Pauvre Jacques! il était solide pourtant; triste nouvelle pour les vieux, là-bas.

— Et pour la Banban.., mais j'imagine qu'elle se consolera... Les filles de chez nous se consolent assez vite.

— Peux-tu bien plaisanter ainsi, en pareil moment?

L'occasion pour Nicolot de donner carrière à son humeur belliqueuse s'offrit enfin. — Il s'agissait de s'emparer d'une position occupée par les Arabes, presque au pied de l'Atlas. — Notre régiment devait donner. — Nous nous battîmes côte à côte, Nicolot et moi. — Comme c'était sa première affaire, je crus remarquer en lui une certaine hésitation assez commune, du reste, chez la plupart de ceux qui vont recevoir le baptême du feu : il se tâtait. Le sifflement des projectiles lui fit d'abord jeter la tête de côté et d'autre : mouvement d'instinct, inspiré par le sentiment de la conservation. Mais bientôt, et cette première émotion surmontée, il demeura ferme en selle, tapant dur et sans broncher. — Au bout de trois heures de combat, la position était enlevée.

— Eh bien ! lui dis-je, ça va ?

— Ça va, si l'on veut ; mais il n'y a pas eu moyen de l'échapper : une maudite balle....

— Serais-tu blessé ?

— J'en ai peur, fit-il en ouvrant sa tunique, laquelle laissa voir quelques gouttelettes de sang mouchetant sa chemise un peu au-dessus de la clavicule droite.

J'examinai la plaie, peu profonde heureusement, une éraflure ; la balle avait troué l'uniforme en labourant les chairs ; ce n'était rien. — Je le pansai de mon mieux, et moins de huit jours après il n'y paraissait plus.

— C'est égal, un acheminement à l'épaulette ! lui fis-je en riant.

Le croiriez-vous? Nicolot prit mal la phrase : il s'imaginait que je voulais me moquer de lui, et Dieu sait si j'en eus jamais la pensée ; mais il était grincheux en diable, et si je n'avais été plus raisonnable que lui, nous nous serions maintes fois empoignés.

J'en étais arrivé à mon dernier mois de service; encore quelques semaines et j'allais être libre : je me faisais une fête de mon retour au logis après si longue absence. — Mais un matin, une lettre de mon père m'arriva cachetée de noir. — Vous dire ce que j'éprouvai à la vue de ce pli de sinistre augure, cela me serait difficile. — Je le tournais, le retournais dans mes mains, sans pouvoir me décider à l'ouvrir. — On a toujours le temps d'apprendre une fâcheuse nouvelle, n'est-ce pas, et quelque chose m'avertissait d'un malheur. — Tout à coup, je songeai que ma mère... morte peut-être !.. Je rompis le cachet. Hélas ! dès la première ligne, je connus toute l'étendue de mon infortune ; mes pressentiments n'étaient que trop fondés : ma pauvre mère était morte, presque

subitement, à la date de la lettre, et celle-ci avait mis huit jours à me parvenir.

« Ta pauvre mère, m'écrivait mon père, allait mieux, beaucoup mieux ; je la croyais enfin sauvée de sa longue maladie, quand avant-hier, dans la nuit, un orage épouvantable éclata ; les éclairs, les coups de tonnerre se succédaient sans interruption. — Ta mère dormait, et je venais de m'assoupir ; il pouvait être alors une heure du matin. — Tout à coup un craquement me réveille, et une sinistre lueur frappe mes regards. La maisonnette était en feu. La foudre venait de tomber sur notre toit de chaume et, en un instant, l'avait consumé ; les flammes avaient gagné la charpente, qui menaçait de s'effondrer ; de là le bruit que j'avais entendu. — Tu comprends que mon premier soin fut de mettre ta mère en sûreté chez nos voisins les Panouillard et de donner l'alarme ; les secours arrivèrent, mais, hélas ! pas assez vite pour pouvoir combattre efficacement le fléau terrible qui se déchaînait si cruellement sur ma maison.

« Tous nos efforts de sauvetage n'ont pu empêcher la *Noire* de périr dans son étable. — Quelques bribes de notre modeste mobilier ont pu être sauvées et, parmi elles, un coffret dans lequel j'avais serré notre peu d'argent, et ton portrait, que je décrochai moi-même, en risquant ma vie, car il y avait danger réel à pénétrer désormais dans pareille fournaise. Oui, j'ai dû assister, impuissant à trouver un moyen de salut, à la consommation de ma ruine, car il n'y a pas à dire, nous sommes ruinés ; mon assurance contre l'incendie ne pouvait me servir, puisque, étant expirée depuis quelque temps déjà, j'avais négligé de la renouveler, remettant à le faire à mon prochain voyage à Beaurepaire... Mais qui pouvait s'attendre ? Nous voilà donc sans abri, me disais-je, effaré, et cela juste au moment où le cadet nous va revenir.

« Mais le nouveau malheur qui allait me frapper presque aussitôt devait être bien autrement cruel encore que celui-là. — Ta mère, l'esprit frappé de ce désastre, ne devait plus quitter le lit que pour aller au cimetière ; la rechute devait la tuer : tous nos soins

2

n'ont pu la sauver.. Elle est morte ce matin, en te nommant.. Ici, la plume me tombe des mains. »

Mon père ajoutait : « Il faut que je te dise encore que ta tante de Moirans, informée de mon infortune, est arrivée hier soir. — Elle est d'avis que nous vendions le bout d'enclos, puisque je renonce à la culture ; je suis, en effet, bien cassé pour me livrer dorénavant à de pareils travaux ; un emploi de facteur rural va devenir vacant à Moirans, où, quoique pauvre elle-même, elle compte quelques protections : elle espère pouvoir me le faire obtenir. C'est peu de chose, sans doute, mais c'est toujours ça. — Les jambes chez moi sont bonnes encore, si les bras ne sont plus ce qu'ils ont été : j'ai cru devoir accepter sa proposition. On avisera pour toi quand tu seras là... »

Vous comprendrez ma douleur, à la lecture de cette lettre, qui avait mis si longtemps à m'arriver. J'étais comme un fou. Ma mère morte, notre avoir perdu... Je me creusais la tête à chercher en quoi je pourrais venir en aide à mon père, et je ne trouvais rien, rien... Ces sept années de service militaire avaient brisé ma carrière, en ce sens que ne pouvant, faute d'instruction suffisante peut-être, et à moins d'une chance exceptionnelle — et vous voyez combien j'en avais peu — espérer jamais arriver à un grade qui me permit de lui être réellement utile, je devais renoncer au métier de soldat. — Dès lors, à quoi m'eût servi un second congé ? J'avais, d'ailleurs, payé ma dette à la patrie ; il me fallait enfin songer à la famille, ou plutôt à ce qui en restait, à mon père. D'autre part, je me disais que si le sort m'eût épargné, je serais resté au pays ; je m'y serais marié ; j'aurais appris un état. — Un état ! voilà ce qui me manquait. — Au lieu de cela, je revenais journalier comme j'étais parti ; c'est-à-dire un peu moins apte au travail que je ne l'étais avant mon départ pour l'armée ; car ce n'est, certes, pas au régiment que j'avais pu m'entretenir la main à cette besogne particulière.

Mon parti fut pris aussitôt : ce fut de demander à mes chefs une autorisation de départ anticipé ; j'avais hâte d'arriver au pays ; de revoir, de consoler mon père ; de m'agenouiller sur la tombe de ma mère. — En raison de ma situation navrante, peut-être aussi parce que j'étais bien noté — n'ayant jamais, ce qui est rare, subi de punition, et ayant toujours convenablement fait mon service — j'obtins sans trop de peine ce que je désirais. — Il est vrai que je n'avais plus que quinze jours à faire.

Le soir, j'étais à la cantine, occupé à écrire à mon père pour lui annoncer mon prochain retour, quand y arriva Grégoire Nicolot.

— Ah ça, que deviens-tu donc ? fit-il en s'asseyant à ma table ; puis s'interrompant : Holà ! hé ! deux *vertes* pures et vivement !... Depuis deux jours je n'ai pas aperçu le bout de ton nez.. Tonnerre ! est-ce qu'on se fait ermite ?

Et comme, tout en achevant ma lettre, je repoussais le verre qu'il me tendait :

— Tu ne veux pas boire !.. Ah ça, qui est-ce qui m'a *fichu* un bressan de cette espèce ? Comme tu voudras, au fait.... Mais à qui donc en écris-tu si long ? à quelque payse de là-bas, peut-être ; à moins pourtant que quelque belle indigène...

Cette verve bruyante de Grégoire me faisait mal ; j'y voulus mettre un terme, et, ma lettre achevée et pliée, je relevai la tête. J'avais pleuré sans doute en écrivant ; car je me sentais encore des larmes dans les yeux.

Il ne parut pas même s'apercevoir de ma tristesse ; ma lettre seule l'intriguait.

— Voyons un peu le nom de ta blonde ?

— Tiens, lis donc, lui fis-je, froissé de tant de légèreté et d'insistance, et lui mettant l'adresse sous les yeux.

— A ton père ?

— Oui, à mon père ; ce sont mes amours, à moi.

— Et ta mère, tu n'en parles donc pas ?

— Regarde, repris-je, en lui montrant le crêpe que j'avais au bras.

— Morte ?

— Oui.

Et je me laissai aller à lui raconter les malheurs qui, en quelques heures, nous avaient ravi cette chère affection du foyer, et le foyer lui-même.

— C'est fâcheux.. certainement... mais que veux-tu ? c'est ainsi.

Puis, après une pause :

— Il faut avouer, du reste, que tu n'as jamais eu de chance : de treize ans jusqu'à vingt, tu t'épuises à tourner et retourner la terre, pour arriver à vivre petitement ; tu cours les foires ; tu te mets en quatre pour amasser quelque argent, et du peu que tu as gagné tu ne peux pas même jouir ; la conscription arrive, tu amènes *bidet* (1) et te voilà soldat, bon gré mal gré, car tu n'as pas de quoi te faire un remplaçant... Ton congé va finir ; tu rêves de retourner là-bas auprès des tiens : il en manque un à l'appel ; enfin le tonnerre, qui avait à choisir entre tous les toits de Savigny, s'abat précisément sur le tien et rase ta maison.... Que prétends-tu faire ?

— Partir dès demain, lui dis-je, montrant ma feuille de route.

— On t'a fait un passe-droit, fit Nicolot d'un air pincé, nos congés expirant à la même date. — C'est égal : je ne tarderai pas à te suivre. — J'ai de l'Afrique assez, sans calembour, — de l'état militaire aussi.. J'en ai tâté, il suffit. Je puis m'en tirer d'ailleurs, en cultivant ou faisant cultiver mes biens ; je vivrai en bourgeois campagnard, l'hiver à Savigny, l'été dans ma petite ferme de Grand-Châtel.

Et sur ce, bon voyage ! ajouta-t-il, en vidant de nouveau son verre.

J'avais quelques petites économies provenant des menus envois d'argent que, de temps à autre, j'avais reçu de mes parents, bien que, ayant appris à me suffire par moi-même, je ne leur eusse rien demandé ; je m'applaudis de n'y avoir qu'à peine touché : cela pouvait subvenir à mes frais de voyage. — Il est vrai que, dans le cas contraire, j'aurais pu m'adresser à Nicolot, qui avait de l'argent — il le faisait sonner assez haut. — Mais je préférais qu'il en fût ainsi, afin de ne lui pas avoir d'obligation. Il est des gens aux services desquels il est bon de ne pas recourir, et je ne sais pourquoi Nicolot me faisait l'effet d'être un de ceux-là...

Je m'embarquai à Alger par un bon vent ; aussi la traversée du grand *gouillat* (ainsi les gens de nos pays désignent la Méditerranée) fut heureuse autant qu'elle pouvait l'être. Le surlendemain matin j'étais à Marseille, et quatre jours après j'étais à Savigny, dans les bras de mon père, chez les bons Panouillard, qui réellement s'étaient bravement conduits à notre égard.

Mon père, à qui, cependant, j'avais donné carte blanche pour la vente de l'enclos, n'avait voulu traiter de ce bout de fonds avant de m'avoir vu. — L'affaire fut tôt conclue ; nous retirâmes 400 francs de la chenevière, et 450 de la partie ensemencée en maïs et servant de potager — en tout 950 francs. — C'était bien peu de chose, en vérité ; mais c'était toujours ça. — Une part devait être consacrée à nos frais d'installation à Moirans et au rachat du mobilier détruit par l'incendie ; le reste nous aiderait à vivre d'abord. — Je dois dire que quelques personnes de Savigny, touchées de l'infortune de mon père, avaient, au lendemain de l'incendie, songé à organiser une souscription pour lui venir en aide ; mon père fut ému de cette marque de sympathie, mais ne voulut pas accepter ce qui, en définitive, n'eût été qu'une aumône publique. — Il avait sa fierté, quoique pauvre. Je ne pus que l'approuver dans sa détermination.

Après avoir marqué d'un modeste monument — une simple croix de pierre — la place où reposait ma mère, il nous fallut quitter Savigny, c'est-à-dire la plaine et les champs, pour gagner Moirans, c'est-à-dire la montagne et les bois de sapins. — Bien des mains avaient serré les nôtres au départ : « Au revoir, Jean-Agnan, et bon courage ; au revoir *itou*, père Midol.. »

Du courage, grâce à Dieu, on n'en manquait pas ; mais ces bonnes paroles ne laissaient pas que de nous réconforter.

III

JEAN MIDOL, FACTEUR RURAL.

Dès que nous fûmes en possession d'un

(1) Le numéro 1.

local suffisant à nous loger tous trois — ma tante ayant désiré habiter avec nous — mon père, installé dans son poste, se hâta de boucler ses guêtres de facteur. Vous comprenez bien que, de mon côté, je m'empressai de chercher une occupation.

Ayant su que votre père désirait avoir un garçon de confiance pour l'exploitation de sa ferme de l'Etang, je sollicitai l'emploi et je fus assez heureux pour l'obtenir. — Vous étiez très jeune alors, mais peut-être vous en souvient-il encore. M. votre père me fit manger à sa table, ici, dans cette chambre même ; après quoi, il m'emmena chasser le gibier d'eau aux environs de l'étang. — Il aimait la chasse, M. Desprels, et tirait juste ; moi-même, pour n'avoir jusqu'alors exercé mon adresse qu'à l'endroit des Bédouins dans les sables d'Afrique, je ne m'acquittais point trop mal de ma nouvelle mission. — Nous abattîmes ainsi nombre de pièces, dont plusieurs furent ramassées par vous. — C'était le 31 octobre, jour de mon entrée au service de votre père. Depuis lors, je ne vous revis guère qu'au temps des vacances, car, à cette époque, vous aviez déjà commencé des études que vous deviez poursuivre avec succès. Votre retour en famille, coïncidant d'ordinaire avec l'ouverture de la chasse, était comme le signal d'un abattis de gibier. — Hé ! Jean-Jean (M. Desprels aimait à doubler mon petit nom), Gaston arrive demain... il y a du lièvre au Pontet, au Crêt de Ravilloles, au Pertuis-Louveret...

—Suffit ! répondais-je. Et le soir même, les lièvres de commande étaient dans ma carnassière. M. Desprels, vous vous le rappelez, avait un chien superbe : un de ces chiens à longs poils qui tiennent à la fois du chien de garde et du terre-neuve, et qui s'était attaché à moi à ce point qu'il ne pouvait me quitter, où que j'allasse d'ailleurs. — Que de fois, et la nuit, n'ai-je point traversé la forêt de sapins, accompagné de ce fidèle Soliman qui me devait rester en fin de compte ! Un jour, votre père, me surprenant à le caresser, me dit : « Je te le donne, il est à toi. »

Je n'eus pas la force de refuser. Je l'aimais, ce chien ; je devais l'aimer plus encore par la suite. Vous saurez pourquoi...

Dès la seconde année, M. Desprels avait voulu augmenter mon salaire, montrant ainsi qu'il était content de moi et de mon travail. — J'étais, moi-même, très satisfait d'être à ses gages, et j'y serais sans doute demeuré longtemps, sans une circonstance qui me fit tout à coup revenir au logis.

Mon père avait trop présumé de ses forces, en adoptant le métier, dur à tout prendre, de facteur rural. On a quelquefois comparé la tâche des facteurs ruraux — ces humbles et utiles agents des postes — à la tâche des cantonniers des routes. — L'une et l'autre sont pénibles assurément. — Mais j'incline à penser que les premiers sont souvent plus à plaindre que les seconds. — Je ne parle pas ici, bien entendu, de la rétribution plus que modeste des uns et des autres ; il est certain qu'à courir les routes comme *piéton* (1), on à casser des mètres de pierres, on ne s'enrichit guère ; et je déclare ne pas connaître de facteur ou de cantonnier en retraite qui, au cours de son exercice, ait pu amasser de quoi avoir pignon sur rue. — Tout au plus y trouve-t-on de quoi faire mijoter la pot-bouille du ménage.

Mais du moins, en cas d'averse, le cantonnier a-t-il une hutte pour s'abriter, et si le temps est par trop mauvais, peut-il s'exempter de travailler. —Ces jours de chômage forcé peuvent donc être pour lui autant de jours de repos.

Il en est autrement du facteur. — Quand on songe que, par tous les temps, par une chaleur sénégalienne, par un froid sibérien, par la pluie, le vent ou la neige, le *piéton* est tenu d'accomplir son service quotidien, consistant à porter et remettre à domicile les lettres, dépêches, journaux et paquets qui emplissent sa boîte, et cela dans un délai déterminé par l'Administration, on peut se faire une idée de la chose. Elle est ardue. Deux conditions surtout semblent indispensables pour pouvoir s'acquitter convenablement de l'emploi : être robuste et ingambe.

Mon père était robuste encore ; mais il s'était usé aux durs travaux, et le chagrin

(1) Nom donné au facteur rural, dans certains villages de l'Est de la France.

l'avait vieilli beaucoup. — La marche le fatiguait, d'ailleurs, et un soir, sa tournée faite, il se plaignit de douleurs aiguës dans les membres. Je lui conseillai de prendre du repos : il avait assez *peiné* dans sa vie ; on ferait comme on pourrait, quoi ! Et, comme il s'alarmait d'avance à l'idée d'interrompre son service :

— Ne vous inquiétez pas, père, demeurez coi à la maison et abandonnez-vous aux soins de ma bonne tante Babet (Elisabeth) : le service n'aura pas à souffrir, car dès aujourd'hui je vais le faire en votre lieu et place.

— Quoi ! tu voudrais....

— Vous remplacer, père ; car, vrai, il n'est pas juste qu'à votre âge vous vous donniez tant de mal. — Mangez, buvez, ne vous occupez de rien, je ferai en sorte de suffire à tout.

— Tu es un brave cœur, fit-il en m'embrassant.

De fait, il fallait pour ces tournées en pays accidenté un homme encore jeune et vigoureux, habitué aux longues étapes, dur à la fatigue et de taille à piquer le kilomètre, malgré vents et marée. Or, j'avais les jambes de l'emploi. Mon père, d'ailleurs, touchait à la limite d'âge, et je dois dire ici qu'il n'avait obtenu l'emploi de facteur que par une faveur toute spéciale ; ce qui est certain, c'est que si je ne m'étais présenté alors pour succéder à mon père dans ses pénibles fonctions, c'est un jeune homme du voisinage de Moirans qui héritait de ce poste. — Jeune homme, je ne l'étais plus, à vrai dire ; j'avais vingt-neuf ans bien sonnés ; mais j'étais dans la force de l'âge. Et, à ce propos, vous vous étonnerez peut-être que je n'eusse point encore songé à me marier : le fait est que mon père et ma tante m'y poussaient depuis longtemps ; moi-même, je comprenais bien que c'était là un parti sage ; que l'heure était venue de me donner une compagne ; que la présence d'une jeune femme au foyer nous pouvait être à tous d'un grand secours ; qu'un enfant, s'il entrait dans les desseins de la Providence de nous en donner un, serait le charme permanent de ce pauvre intérieur, ma joie à moi, celle de mon vieux père et de ma tante Babet.

Mais quoi ! me disais-je, suis-je donc en situation de pouvoir donner à une jeune épouse autre chose qu'une affection sans bornes ? Lui pourrais-je seulement procurer ce bien-être relatif auquel elle aurait droit de prétendre ? La belle annonce, vraiment, que celle qui consisterait à dire : « Il y a promesse de mariage entre M. Jean Midol, qui n'a guère, et Mlle X..., qui n'a rien ! » Car, vous pensez bien que je ne me faisais pas illusion sur mon avenir d'hyménée, en tant que fortune. — Ce n'est pas une héritière, à coup sûr, qui voudrait unir sa destinée à celle d'un piètre facteur ? Non : je n'avais pas, je n'eus jamais de pareilles visées ; j'avais le sentiment de ma situation ; tout ce que je pouvais espérer, c'était de rencontrer quelque part, ici ou là, une jeune fille de ma condition, une brave et honnête ouvrière qui voulût bien de moi pour époux. — Assurément, si elle avait un petit avoir à apporter dans le ménage, ce serait tant mieux ; mais, à cet avantage même, j'avais fini par n'attacher pas plus d'importance qu'il ne convenait. Si la personne agréait, le défaut de bien ne devait pas, à mon sens, constituer un obstacle ; la santé, l'amour du travail, l'ordre, l'économie, toutes ces vertus domestiques peuvent être préférables à la fortune seule ; ou plutôt elles contribuent, réunies, à édifier la fortune du pauvre monde. — Si j'ai parlé d'abord de la santé, c'est que si elle est un grand bien pour tout un chacun, elle est souvent un trésor véritable pour les ménages besoigneux, dans lesquels une maladie longue peut être une cause de ruine complète. — Si même, comme on le dit quelquefois, chacun ici-bas a sa destinée toute tracée, je ne pouvais que m'en remettre, sur cette question importante du mariage, à la Providence qui, peut-être, me tenait déjà en réserve celle à qui je devais unir mon sort ; le tout était de la trouver, et de ne pas faire fausse route. — Il ne m'en coûte rien, d'ailleurs, d'avouer que, bien que je fusse d'une nature aimante, mon cœur ne s'était ouvert jusqu'alors à nul autre sentiment tendre qu'à l'amour filial. Est-ce à dire que ce sentiment poussé à ses dernières limites l'eût absorbé, ce cœur, au point de n'y laisser aucune place pour l'amour autrement compris, et qui fait qu'il se porte vers ce qui lui plaît fortement ? Je ne saurais vous dire. Toujours est-il que, soit les difficultés de la vie avec lesquelles je me trouvais aux prises, soit les préoccupations de famille, soit les soucis de l'avenir, j'avais traversé cette période de sève ardente dont la vingtième année marque, dit-on, la phase intense, sans que mon cœur eût battu pour une femme. — J'éprouvais peut-être le besoin d'aimer, mais l'amour était resté en moi à l'état de germe ; il n'avait pu s'y développer, faute d'objet sans doute, et à l'âge où j'étais parvenu, je le constate sans prétendre à l'expliquer, mon cœur était encore à s'ouvrir au souffle d'un premier amour. — Quoiqu'ayant été militaire, « je n'avais pas eu de jeunesse, » dans le sens qu'on veut attribuer à ces mots.

Mais j'en reviens à mes nouvelles fonctions. Mon stage d'aspirant-facteur ne fut pas bien long. J'eus, il est vrai, à lutter contre le compétiteur dont je vous ai parlé déjà, et qui avait sur moi l'avantage d'être plus jeune ; mais mes bons antécédents devaient me servir, et ce fut grâce à eux que je l'emportai.

Je succédais à mon père.

En trois quarts de journée, souvent moins, j'avais fait ma tournée de 36 kilomètres, aller et retour. Aussi passai-je bientôt pour être un facteur rural modèle. — J'en étais arrivé à une exactitude telle, que chacun des villages que j'avais mission de desservir me voyait, chaque jour, passer aux mêmes heures. — J'arrivais à Etival, notamment, avec une si remarquable régularité, que les habitants de cette commune, privés pour la plupart de chronomètres, avaient fini par se régler sur le passage du « piéton » pour vaquer à certains travaux, ou même pour les interrompre. — D'aucuns, apercevant un homme en blouse bleue, à collet et parements rouges, coiffé d'un képi d'ordonnance, chaussé de bottes ou de souliers à fortes semelles, un large sac de cuir en bandoulière, ayant en main un solide bâton de cornouiller, et précédé ou suivi d'un gros chien (mon Soliman), s'écriaient : « Voilà Jean Midol, il

est onze heures et quart, il va falloir préparer le manger. » Et aussitôt les ménagères de laisser là leur besogne d'intérieur ou leur travail aux champs, selon le temps ou la saison, pour courir apprêter le modeste repas. Ainsi, j'étais devenu pour les naturels pauvres d'Etival une manière de pendule, de régulateur, ce qui avait d'autant plus son utilité que, détraquée la plupart du temps, l'horloge du clocher continuait de sonner midi à quatorze heures. J'héritais de la confiance accordée jusqu'alors à la sonnerie de la paroisse : on préférait s'en tenir au piéton. — Sauf la différence d'heures, on faisait même remarque à Châtel-de-Joux, petit village voisin, mais qui, dépourvu d'église et de clocher, n'avait pas, lui, à accuser l'horloge communale de caprice ou d'irrégularité.

Je ne suis ni curieux, ni indiscret : je n'aime pas à mettre le nez dans les affaires d'autrui ; cependant, j'ai du faire cette remarque ; c'est que, si humbles que soient ses fonctions, le facteur rural est à même d'observer bien des choses.

Admis à l'intérieur des familles, souvent considéré comme un ami par nombre d'habitants, le facteur rural a maintes occasions de vider le verre, d'écouter parler, et de causer lui-même ; parfois, dans certaines maisons, il trouve son couvert mis au bout d'une table, ce qui ne veut pas dire qu'il soit toujours disposé à s'y asseoir. Pour ce qui me concerne, du moins, je me tenais autant que possible sur la réserve en ces sortes d'affaires, ne voulant pas que, par un empressement de mauvais goût à répondre à une invitation, souvent dictée par pure politesse, on m'accusât après coup de familiarité déplacée. Je jugeais d'un coup d'œil la situation, et selon que les dispositions de l'amphytrion. — c'est ainsi, je crois, que l'on appelle celui qui vous reçoit à sa table — me paraissaient être ou non en rapport avec l'offre, j'acceptais, ou refusais par un « merci non. » — Si l'invitation me semblait faite de bon cœur et avec insistance, je me disais que peut-être je désobligerais par un refus, et alors je consentais à boire le coup de l'étrier, c'est-à-dire sans m'arrêter. J'ai

d'ailleurs toujours été sobre, sauf une fois...
mais n'anticipons pas.

On a bientôt connu les gens avec lesquels
on se trouve en rapports quotidiens, et *pour
avoir fait ses classes derrière le collège*, on
ne laisse pas que d'avoir de la réflexion ; on
observe tout comme un autre, et peut-être
plus qu'un autre étais-je tenu à observer,
surtout quand, dans certaines familles, je me
trouvais en présence d'une belle jeune fille,
avenante et douce, bonne à marier, et qu'il
m'arrivait parfois de surprendre en train de
confectionner son trousseau, sa douzaine de
tout linge, comme on dit, en vue d'épousailles prochaines. — Ce que j'avais surtout
à cœur, vous le comprenez, c'était de trouver
au plus vite 'une bru pour mon père, une
nièce pour ma tante, une femme pour moi.

Qui sait, me disais-je, si celle que je dois
épouser un jour n'est point cette blonde créature en train de filer son rouet tout en fre-
donnant quelque refrain du pays ; ou cette
autre occupée à remplir les *vanottes* (1) de
la pâte qu'elle vient de pétrir, à belles
mains, dans la *may* (2) ; ou cette autre qui
porte en fruitière le lait de sa vache ; ou cette
autre enfin qui, le visage et le cou brunis
par le soleil et le séjour au grand air, hèle
son bétail du haut du *Molard* (3) ? Celle
qui m'était destinée, peut-être la coudoyais-
je journellement chez elle, ou dans la rue,
ou sur ma route. Quoiqu'il en soit, je n'avais
encore parlé à aucune d'elles ; un bonjour,
bonsoir, et c'était tout. — J'étais timide en
matière d'amour, le croiriez-vous ? Et pourtant j'avais là-bas, dans la colonie, affronté
la mort sans broncher.

Vous le voyez, je devenais philosophe à
ma manière, je faisais des remarques à tout
bout de champ. — Si le visage d'une jeune
fille s'éclairait à la réception d'une lettre à
elle destinée ; si je croyais la voir tressaillir
d'aise, en brisant hâtivement le cachet :
« Bon ! pensais-je : une lettre d'amoureux ;
celle-ci a le cœur pris déjà, il n'y faut donc
pas songer. » — Voyais-je, au contraire, des

(1) Petites corbeilles d'osier destinées à recevoir la
pâte à cuire.
(2) Huche, coffre de bois pour pétrir et serrer le pain.
(3) Monticule.

visages se renfrogner ou pâlir à la lecture
d'une lettre, et dès les premières lignes :
« Mauvaises nouvelles, me disais-je, il y a
quelque chose là-dessous, bien sûr. » Que j'ai
vu ainsi de mines s'allonger ou devenir
radieuses ! Pour les uns, c'était l'annonce
d'une créance perdue, sur la rentrée de
laquelle on avait compté pour pouvoir soi-
même satisfaire à une dette urgente ; c'était
la nouvelle de la mort d'un parent, frappé
au loin en pleine vigueur et jeunesse ; la
notification d'un mariage rompu et sur
lequel on avait édifié déjà les plus beaux
projets ; c'était un avis de poursuites, de
faillite, de sinistre, etc., que sais-je ? Dans
ces divers cas, vous devez comprendre que
le facteur-messager — bien que n'en pouvant
mais — n'était pas toujours accueilli comme
la colombe de l'arche le fut par Noé, au
temps du déluge. — Quand même la dis-
crétion n'eût pas été un devoir professionnel,
je n'aurais eu garde de faire part à quiconque
de mes remarques ou plutôt de mes suppositions, et ce n'est que plus tard, et par la
rumeur publique, que j'apprenais, moi-
même, que telle ou telle de celles-ci n'était
que trop fondée.

Sans doute, tout n'est pas deuil ou douleur dans ce qui emplit la boîte du facteur ;
autrement, et comme disait mon ancien
maître de Savigny : « Ce serait la boîte de
Pandore. » — Mais il est dans notre destinée
de porter le bien et le mal, ce qui attriste et
ce qui fait sourire. Notre bagage, à nous
autres, c'est un composé de tristesse et de
joie, à dose souvent variable ; une image en
petit de la vie, semée de tant de fortunes
contraires ; heur et malheur, pleurs et rires
mêlés, avec une place pour l'indifférence,
c'est-à-dire pour les lettres qui vous laissent
froid, qu'on ouvre sans les lire jusqu'au
bout, et auxquelles on dédaigne souvent
de répondre. — Pour d'autres, la boîte du
facteur était tout miel : c'était l'annonce d'un
héritage inespéré ; du succès définitif d'un
procès depuis longtemps pendant ; l'avis
d'une nomination à quelque emploi depuis
longtemps attendue ; une bonne nouvelle
quelconque, apportée inopinément. Autant
de sujets de satisfaction, déterminant sou-

vent quelque largesse de la part du desti-
nataire. En ce cas, il m'arrivait d'accepter
un verre de vin en mangeant un morceau
sous le pouce, histoire de m'associer à la
joie dont je pouvais être considéré comme
l'instrument ; jamais d'argent. Sur ce point,
j'étais inflexible. — Je ne recevais de mon-
naie ou de cadeau en nature qu'en retour des
commissions dont on voulait bien me
charger et dont, je dois le dire, je m'acquittais consciencieusement. — Ceci, joint
aux politesses de table qui m'étaient faites
de ci, de là, constituait les menus profits
du métier en dehors de la paye règlemen-
taire. — Cela aidait à l'entretien, servait à
acheter un peu de vin, à payer mon tabac, etc.

Et le soir, au souper de famille, c'étaient de
nouvelles questions à propos du sempi-
ternel mariage :

— Eh bien! Jean-Agnan, faisait ma tante,
as-tu jeté tes vues quelque part; as-tu découvert dans ta tournée une jeunesse qui
puisse t'aller? Je te dirai que je me sens d'a-
vance toute disposée à l'aimer, pourvu
qu'elle soit douce, honnête et bonne, comme
tu es doux, honnête et bon.

— Oui, garçon, reprenait mon père, il faut
songer à la chose ; il est grand temps de
t'établir, vois-tu, si tu veux que je puisse
encore voir mes petits enfants.

Ces conversations ne servaient qu'à m'at-
tendrir.

IV.

LES AMOURS DE JEAN MIDOL.

J'aurais voulu pouvoir dire à ces deux
êtres aimés : — « Eh bien! oui, j'ai quelqu'un
en vue, là; une jeune personne très bien,
vous verrez; tenez, pas plus tard que dimanche nous irons tous trois chez elle faire
la demande, et comme j'ai lieu de penser
qu'elle sera agréée, ce sera une affaire vite
conclue. »

Au lieu de cela, rien; je n'étais pas plus
avancé qu'au premier jour, en ce sens que
je ne me sentais encore le cœur pris pour
aucune, et il y avait plus de six mois que je
faisais mon service.

Si, pourtant. Parmi les jeunes filles que
j'avais eu l'occasion de voir, il en était une
que j'avais particulièrement remarquée. Ce
n'est pas qu'elle fût plus jolie que telle ou
telle, ni plus richement attifée les diman-
ches et jours de fête. — On en voyait, ces
jours-là, qui étaient parées comme une
châsse, et vous étalaient un grand luxe de
rubans et de colifichets. — A elle il ne
fallait pas tant d'affutiaux. Elle se mettait
modestement : une robe d'étoffe sombre, un
corsage chaste et montant, un petit châle par
dessus ; pour coiffure, un bonnet simple,
mais de bon goût; pour chaussures, de co-
quettes bottines; avec ça, voyez-vous, elle
était gentille au possible.

Ce qui me charmait en elle, c'était moins
encore la grâce de sa démarche, la souplesse
de ses mouvements, l'opulence de sa belle
chevelure brune et soyeuse, que cet air de
bonté et de douceur répandu en toute sa
personne. Fraîche d'ailleurs, comme la
pomme d'Eve, et de belle venue quoique
de moyenne taille, Laurence Monestier, fille
unique de Gaspard Monestier, qui faisait, à
Châtel-de-Joux, un petit commerce de
sapins, et de son épouse, Jeanne-Marie, née
Grandmottet, pouvait avoir de 22 à 23 ans.

C'était une personne alerte, travailleuse
et sachant tenir un ménage, ce qui se voyait
au premier coup d'œil : tout, dans l'habitation, avait ce cachet de propreté qui dénote
une maison bien tenue ; les meubles
avaient l'air de sourire, tant ils étaient soi-
gneusement frottés et époussetés ; on aurait
pu se mirer aux panneaux du grand buffet
dans lequel Laurence serrait le linge du
ménage ; les rideaux du lit et des fenêtres
étaient toujours d'une irréprochable blan-
cheur ; le parquet lui-même était reluisant.

Il était aisé de voir que Laurence Monestier ne se livrait pas aux travaux de
culture : elle avait les mains trop blanches
pour avoir fait jamais pareille besogne; c'était
une femme d'intérieur, habile à tout : à vous
confectionner un repas au pied-levé, comme
à vous tailler une casaque en moins de rien.

De fait, dans mes visites fréquentes à la
maison Monestier — car, en sa qualité de
commerçant, le père Monestier recevait

souvent des lettres — je ne la surprenais jamais inoccupée : ou elle était en train de ranger ceci ou cela ; ou elle tenait les écritures de son père ; ou elle cousait ou brodait assise en quelque coin. La mère Monestier, elle, avec toutes les apparences de la santé, était, en réalité, maladive : elle souffrait depuis longtemps d'une oppression de poitrine, avait de la peine à se mouvoir, étant de fort embonpoint ; aussi ne quittait-elle guère son fauteuil. — Son état nécessitait des soins, que sa fille, d'ailleurs, ne lui marchandait pas. — C'est même pour cette raison, paraît-il, que Laurence avait jusqu'alors refusé toute proposition d'établissement, car elle avait maintes fois trouvé parti.

Il lui était venu des prétendants d'Etival, des Crozets, de Meussia, de Moirans, de Jeurre et de plus loin encore, sans parler de ceux de Châtel-de-Joux ; chacun d'eux apportait son cadeau de bienvenue, consistant d'ordinaire, et selon la saison, en un panier de fruits, un pain de miel, une pièce de gibier, une bourriche de poisson, parfois même une couple de pigeons. ·

Tous ces dons offerts et reçus sont, le jour même — toujours un dimanche avant midi. — accrochés ou étalés, en guise de trophées, dans la partie la plus apparente de la cuisine qui, d'ordinaire, est la pièce d'entrée ; on les considère, en effet, comme autant d'hommages rendus à la beauté du lieu. — Cette façon de procéder en matière de galanterie rustique est encore en usage dans certaines localités de cette région, où, plus qu'ailleurs peut-être, on sait rester fidèle aux vieilles coutumes. — Celle-ci a son bon côté, en ce sens qu'elle dispense un amoureux timide, ou peu expert en éloquence sentimentale, d'entrer dans de longs discours pour arriver à établir ses projets et son but. — La démarche est suffisamment claire, suffisamment expliquée par la présence au logis d'un jeune homme, fût-il inconnu, porteur d'un cadeau à l'adresse du père ou de la mère d'une jeunesse, parfois de tous les deux. — Cela veut dire, en langage muet : « Vous avez une fille, je l'aime et désire l'épouser. » Si le cadeau est agréé

— car il ne l'est pas toujours, — c'est la réponse du berger à la bergère, et qui peut se traduire ainsi : « Vous êtes bien honnête ; nous verrons.. ; revenez, vous avez l'entrée de la maison ; » ce qui équivaut à dire que le galant est autorisé à faire sa cour.

Notez qu'un cadeau accepté n'empêche nullement d'en accepter d'autres, et qu'ainsi il arrive souvent que plusieurs soupirants, admis en même temps au logis, s'y disputent concurremment le cœur de la belle. — Si l'un est favorisé au point que tous les atouts soient dans son jeu, autrement dire qu'il ait toutes chances de réussite, d'ordinaire les autres s'effacent d'eux-mêmes devant ce rival préféré, si mieux ils n'aiment attendre un congé formel, qui ne tarde point à venir. — De ce que son présent aura été accepté, il n'en faut donc pas induire que celui qui l'a offert sera l'épouseur ; cela lui ouvre l'huis du logis et rien de plus, et ne le dispense pas de formuler, plus tard, officiellement sa demande, si pour lui il y a lieu de le faire.

Au surplus, acceptés ou refusés en leurs cadeaux, les soupirants sont, à leur première visite, traités de même sorte par le maître de la maison, qui les reçoit tous également à sa table, avec cette différence que les premiers peuvent venir s'y asseoir encore, tandis que les seconds n'ont point cette faculté.

Le père Monestier, peu chargé de cuisine, était, contrairement à sa moitié, aussi vif, aussi alerte que peut l'être un quinquagénaire ; il était, la semaine, moins souvent chez lui qu'à sa scierie où, avec l'aide d'un robuste garçon à ses gages, il s'occupait de convertir en planches des blocs ou *billes* de sapins, amenés de la montagne, puis à empiler ces planches en les superposant à champ, de façon à en former comme une sorte de monument carré ou triangulaire, en ayant soin de ménager un intervalle entre elles, pour qu'elles sèchent mieux et plus vite, ainsi exposées à l'action de l'air et du soleil. — C'est de la sorte que procèdent tous les trafiquants de bois de cette région relativement pauvre en culture, et ils sont nombreux : d'abord l'abatage en forêt, puis l'ébranchage des sapins ; la section du tronc en plusieurs parties devant être soumises à

3

la scierie, le sciage en planches, le séchage et, enfin, le charriage de ces mêmes planches à Molinges, port d'embarquement pour les trains de bois à destination de Lyon, par la Bienne et par l'Ain.

Sans être ce que l'on appelle riche, Monestier avait acquis une honnête aisance. — La maison qu'il habitait, et dont il louait une partie, était à lui; à lui aussi la scierie qu'il exploitait, et cela sans parler de quelques coins de terre ou de pâturages qu'il possédait ici ou là. Ajoutez que, bon an mal an, son commerce de bois lui rapportait une somme assez rondelette. C'était clair, liquide; c'était du bon bien au soleil.

Qu'aurais-je pu, moi, mettre en ligne à côté de tout cela? Mais ce bien, rapproché de ce que j'avais, ou plutôt de ce que je n'avais pas, c'était la fortune ! — Et c'est là ce qui me désolait. — Que pouvais-je espérer de ce côté-là? Et je me raisonnais: — « Voyons, Jean-Agnan, tu n'es pas tombé en ce monde avec les dernières neiges, que diantre ! il faut bien te fourrer ça dans la tête; tu n'es qu'un pauvre diable de facteur rural, sans sou ni maille ; cette jeunesse n'est pas pour toi, ni pour tes pareils ; t'imagines-tu, par hasard, qu'elle voudrait de toi, quand elle n'a qu'à choisir parmi les soupirants cossus qui l'entourent? Va, tu ferais mieux de jeter tes vues ailleurs. »

Et j'essayais de «porter mes vues ailleurs,» mais vainement. — Je ne pouvais que penser à elle. Pour rien au monde, je n'aurais voulu entrer de but en blanc chez M. Monestier, encore que j'aurais été sûr de la voir, elle. Il me fallait une lettre à leur porter; alors j'entrais avec assurance. — La mère Monestier et M. Monestier, quand, d'aventure, celui-ci se trouvait au logis, étaient accueillants ; ils me demandaient des nouvelles de la ville et d'ailleurs ; ce que j'avais remarqué sur ma route, etc. — Dame ! je disais ce que j'avais à dire, et c'était si peu. — Que voulez-vous qu'il se passe d'intéressant dans une bourgade de 1,500 âmes? Souvent il m'offrait à me rafraîchir, pendant que Mlle Laurence m'invitait à m'asseoir: je devais être las: une si longue tournée, et tous les jours ! Et cela vous était dit d'une voix si douce et avec tant d'affabilité : vrai ! ça me remuait. — Quelquefois je m'asseyais un brin ; mais quant à boire, jamais. Pourquoi? Je ne sais. — Sans doute parce qu'elle était là.

Une fois je restai quinze jours sans avoir quoi que ce fût à porter chez les Monestier. — Ce fut long, allez ; quinze jours sans la voir ! car elle sortait peu. — Il m'arrivait de regretter que son père ne fût pas abonné à quelque journal quotidien, comme le maire des Crozets, par exemple, ou l'adjoint d'Étival, chez lesquels, régulièrement tous les matins, je déposais la feuille sous bande. J'aurais pu la voir ainsi chaque jour ; mais malgré que je n'eusse rien à remettre au logis de Mlle Laurence, Soliman savait en trouver le chemin. Je n'arrivais pas plus tôt en vue de la maison, que l'excellente bête, me devançant, s'était élancée dans l'avenue qui y conduit. Je rappelais alors mon chien, qui revenait à moi tout piteux. On eût dit qu'il comprenait tout le plaisir que j'avais à pénétrer dans cette habitation.

Enfin, ça ne pouvait pas durer ainsi: il fallait agir. — Je savais d'avance que j'allais faire une démarche folle, puisqu'elle devait apparemment aboutir à un échec. N'importe! me disais-je, je la ferai. Du moins pourrais-je répondre quelque chose à mon père, à ma tante, quand, le soir à la veillée, ils me demanderaient : — « Eh bien! Jean-Agnan, as-tu?... » Je leur dirais : « Oui, j'avais trouvé quelqu'un ; mais ce quelqu'un ne veut pas de moi.... Ah ! ce n'est pas ma faute, car s'il en est ainsi, car je l'aimais, je l'aurais bien aimée. » Ils verront, du moins, que si je fais buissons creux, ce n'est pas faute de les battre.

On était en septembre, et déjà une légère couche de neige couvrait la terre. — Vous ne pouvez vous imaginer à quel point ma tâche devenait rude en hiver. L'été, quand la chaleur n'est pas accablante, ça va. De ci de là, pour abréger votre retour, vous pouvez prendre un chemin de traverse; couper à travers champs; suivre le sentier gazonné qui court à travers les sapins ; fumer une pipe au haut de la montée, assis sur un bloc de rocher ou sur le talus du chemin :

histoire de reprendre haleine et d'embrasser d'un coup d'œil le paysage qui se déroule à vos pieds ; la nature est belle, magnifiquement parée, dans tout son éclat. — Mais l'hiver ? cet hiver de six mois des pays de montagne, pendant lesquels le villageois s'enferme dans sa maison, qu'il capitonne le mieux qu'il peut ?

L'hiver qui fait la solitude autour du voyageur transi de froid, le vide dans la rue, le vide partout : triste, triste !..

Non loin des Crozets, j'avais remarqué certaines empreintes, qui m'avaient donné à réfléchir.... Les lièvres ne sont point rares par là.

Je le savais par expérience.

Le lendemain matin, un dimanche, cette première neige avait fondu. Au moment de partir pour ma tournée, je n'eus rien de plus pressé que de décrocher mon fusil double, resté au clou depuis que j'avais quitté le service de M. votre père ; de glisser des munitions dans ma gibecière, formant sautoir avec mon sac de poste.

Mon père et ma tante de s'étonner :

— Soyez sans crainte, c'est pour un putois qui dépeuple les poulaillers d'Etival.

Arrivé à la limite du territoire des Crozets, je n'attendis pas longtemps, et même je fus plus favorisé que je ne comptais l'être. En moins d'une demi-heure, j'avais deux beaux lièvres dans ma carnassière.

Je laissai mon fusil dans une maison de moi connue, sauf à le reprendre à mon retour, et continuai ma distribution.

J'arrivai à Châtel-de-Joux juste à midi et demi, c'est-à-dire à l'heure où les gens, revenus de la messe à Etival, devaient être à table, ou sur le point de s'y mettre. — Quand je franchis le seuil des Monestier, le cœur me battit fort, je vous assure. Certainement on allait se gausser de moi ; on allait me dire que je m'étais trompé d'adresse avec mon cadeau. Cependant, n'ayant, en traversant l'étau (la cuisine), remarqué aucun objet de nature à m'alarmer, je me dis que le terrain était déblayé, qu'il y avait grève de soupirants, et cela m'enhardit quelque peu.

On était attablé dans la pièce voisine, dont la porte était entrebâillée. M. Monestier avait déjà la serviette au menton, et Mme Monestier, ragaillardie à ce qu'il me parut, et assise en face de son mari, déployait la sienne ; mais je ne vis bien tout d'abord que Mlle Laurence, qui déposait sur la nappe blanche une énorme soupière, laquelle, à en juger par le fumet, devait contenir une appétissante soupe au jambon et aux choux. Je m'avançai en saluant, et tendis au maître de la maison la lettre que, d'avance, j'avais tirée de mon sac.

— Ah ! c'est Jean Midol ; bonjour, Jean Midol, fit celui-ci, en décachetant la missive.

— Comment ça va-t-il ? demanda, à son tour, Mme Monestier.

— Mais vous êtes bien bonne, mam' Monestier, ça va bien, et vous-même ?

— Mieux, Jean Midol, beaucoup mieux.

Quand je vous disais qu'ils étaient accueillants.

— Comme vous voilà chargé : deux sacs ! fit Mlle Laurence ; tant de dépêches que ça ! Mais ça n'est pas encore le premier de l'an !

— Non, Mademoiselle, non, c'est que je vais vous dire....

Mais un formidable « ça y est ! » que poussa tout à coup M. Monestier, s'interrompant dans la lecture de sa lettre, me coupa le verbe.

— Ça y est ? mais non, ça n'y est pas, fis-je à part moi, songeant à ce que j'allais dire ; et même ça ne va pas comme sur des roulettes.

Mais ce n'était pas à mon sujet que le marchand de bois avait poussé cette exclamation ; c'était bien cette lettre qui l'absorbait et le rendait tout hilare, car il reprit aussitôt :

— C'est de lui ; il va venir dimanche ; bon parti, excellent parti... il se fait précéder de son cadeau ; ce n'est pas tout à fait selon les us... car il aurait pu l'apporter lui-même... mais enfin.. il écrira cette semaine, peut-être pour après-demain... une lettre complète, détaillée, sur lui-même, sur sa fortune présente et à venir. On le dit riche, d'ailleurs ; il voudrait se marier au plus vite... il n'aime pas que ces sortes de choses traînent en longueur... (et il a raison, parbleu !) Il me va ce garçon, bien que je le connaisse à peine; j'aime les gens ronds en affaires; au surplus, il est temps que Laurence... puisqu'enfin te voilà tout à fait remise, continua-t-il, s'adressant à sa femme....

Et celle-ci d'opiner de la tête, pendant que Laurence, songeuse et, en apparence, indifférente à ce qui se disait, m'indiquait un siège, sur le dossier duquel je me contentai de m'appuyer.

Enfin, il ajouta, poursuivant sa lecture :

« J'adore votre charmante Laurence, qu'il m'a été donné de voir un jour, en traversant Châtel-de-Joux, et dont chacun, d'ailleurs, tient le plus grand compte. Ma prochaine lettre vous apprendra tout ce que vous avez intérêt à connaître sur mon compte. J'espère n'être pas indigne de devenir l'heureux époux de votre aimable fille. Je mets à ses pieds toutes mes sympathies; tous mes respects aux vôtres, Mme et M. Monestier... »

— Ce doit être un homme ordinaire; on voit qu'il a reçu de l'éducation, fit observer Mme Monestier.

— Certes, oui, il est *stylé;* ou je me trompe fort, ou c'est bien là le gendre qui nous convient. — Enfin, attendons sa lettre; c'est elle, qui, vraisemblablement, décidera.... suivie de sa visite, bien entendu... Mais je prétends que le mariage soit tôt conclu si ce Grégoire nous agrée...

Et comme, d'une part, Laurence avertissait son père que le potage allait refroidir avec tout cela; et que, d'autre part, Madame Monestier ne se faisait pas faute de rappeler à son mari, par des clignements d'yeux, que j'étais là :

— Ah! ce brave facteur; vrai, cette lettre me l'avait fait oublier; au fait, on n'a pas à se gêner avec Jean Midol; il m'excusera... Ces histoires de mariage ne l'intéressent guère sans doute.

Au contraire, pensais-je; elles m'intéressent énormément. Il était évident qu'il y avait un nouvel amoureux sous roche; que cet amoureux se nommait Grégoire. Ce nom ne me frappa point. Grégoire! un petit nom, sans doute. Pourtant, il me semblait avoir connu... mais il y a tant d'ânes à la foire qui s'appellent Martin. Ça ne pouvait être ça.

Pendant cette tirade de M. Monestier, je devais avoir l'humble attitude d'un donneur d'eau bénite. Je me sentais gauche, mal à l'aise. Ce drôle d'homme, avec son avalanche de réflexions, m'avait cloué la bouche aussi bien que l'eût pu faire un bâillon. Ce que j'ai de mieux à faire, pensais-je, c'est de détaler avec mon amour et ma venaison. — Vraiment! je tombais bien! Aussi vrai que Dieu nous éclaire, et que nous sommes là tous les deux, j'aurais donné je ne sais quoi pour m'évanouir aux regards, pour être transporté soudain au sommet du *Mont-Robert* ou du *Regardoir.* C'était bête, n'est-ce pas? car enfin j'étais ce même homme, qui, jusque-là, avait supporté sans mollir de dures épreuves; cet ex-chasseur d'Afrique qui avait couché sur la dure, lutté sans cesse, travaillé sans trêve. Je me sentais l'âme ferme et bien trempée, et je devenais pusillanime à ce point dès qu'il s'agissait d'une femme! Ces choses-là se constatent, mais ne s'expliquent guère.

Mais le vin était tiré, il fallait le boire. — J'étais resté trop longtemps pour pouvoir m'en aller sans souffler mot. Et puis, cette façon de M. Monestier de marquer qu'il me tenait pour un être sans importance, devant lequel on pouvait tout dire sans se gêner, m'avait contrarié. Mais le moyen de ramener la chose au point de départ? Heureusement Mlle Laurence, qui peut-être soupçonnait mon embarras, me tendit la perche.

— Mais il me semblait, dit-elle, que M. Midol allait nous donner l'explication de son double sac.

— En effet, balbutiai-je.

— Contez-nous ça, facteur, ajouta M. Monestier.

— Quoique facteur, fis-je, mettant résolument les pieds dans le plat, on a des yeux et un cœur; on sait voir, on sait apprécier; il n'est pas besoin d'être un grand clerc pour trouver beau ce qui est beau, pour trouver bon ce qui est bon, ajoutai-je, en arrêtant mon regard sur celui de Mlle Laurence, dont le frais visage se colora d'une rougeur subite. Puis, retirant de mon sac les produits de ma chasse, et m'adressant à M. et à Mme Monestier :

— Permettez-moi de vous offrir ce léger présent.

— Pas si léger ! intervint Laurence, soupesant tour à tour les deux quadrupèdes, ce sont là de beaux lièvres, ma foi ! Vous êtes donc chasseur, M. Midol ?

— Par boutades. — Je chasse quelquefois à mes moments perdus.

Les époux Monestier, surpris comme vous pouvez penser, s'entre-regardaient et avaient l'air de se consulter ; puis le marchand de bois de s'écrier tout à coup :

— Allons, il ne sera pas dit qu'un jour comme aujourd'hui je n'aurai pas fait bon accueil à ce qui m'est offert de si bonne grâce. — Laurence, porte ce gibier à la cuisine. — Je me sens plus gai qu'à l'ordinaire. Cette lettre sans doute, que je tiens de vos mains, Jean Midol.

Je ne vis d'abord qu'une chose, c'est que mon cadeau était accepté ; ou plutôt je ne voulus voir que l'effet, sans me préoccuper de la cause.

Qu'importait, au bout du compte, que M. Monestier m'eût montré qu'il l'acceptait du *messager* plutôt que de l'amoureux ? Ma déclaration n'était-elle point assez claire, et pouvait-on s'y méprendre ? Laurence, principale intéressée dans l'affaire, ne s'y était pas méprise, elle ; et même il me semblait qu'elle était loin d'être mécontente de ce résultat. Sa mère elle-même, délivrée de sa maudite oppression, eut pour moi deux ou trois paroles bienveillantes. — Sans doute, je pouvais me dire que mon présent n'avait été agréé de M. Monestier qu'à la faveur de *l'autre* ; mais, en somme, il l'était, et certes, vous le savez, je n'espérais pas tant de ma démarche.

J'allais me retirer, quand M. Monestier, se levant :

— Non pas, non pas ! vous déjeûnez avec nous. Il ferait beau voir...

— Par exemple ! ajouta Mme Monestier, c'est bien le moins.

Et Laurence d'apporter en hâte mon couvert, d'aller, de venir, de monter de la cave une ou deux bouteilles de derrière les fagots ; de pétrir elle-même la pâtée de Soliman, qui, selon son habitude, m'attendait à la cuisine ; puis, de se rasseoir, non loin de la place que je devais occuper.

— Il n'y avait pas à dire « mon bel ami, » il fallait y aller de la fourchette, et y aller gaiement, car M. Monestier me prêchait d'exemple. Le moyen de résister quand, par surcroît de chance, j'allais me trouver si près d'elle ! Ce fut elle qui me servit ; qui me versa à boire. Bien m'en avait pris de clore ma distribution par la lettre à M. Monestier, car trois heures sonnaient que nous étions encore à table. Un temps de chien, d'ailleurs ; il neigeait dru et serré. Comme vous devez le penser, la conversation ne languit pas, de part ni d'autre. — De l'amour dont j'avais le cœur plein pour l'aimable Laurence, pas un mot pourtant. On devisait de choses et d'autres ; des avantages ou des inconvénients de telle ou telle profession ; de la destinée qui aplanit aux uns les difficultés de la vie et donne le succès à toutes leurs entreprises, tandis qu'elle annihile tous les efforts des autres. C'est ainsi que je fus amené à parler de moi-même. — Je parlai simplement, mais longuement ; car je ne sais quoi m'avait délié la langue ; d'ordinaire j'étais peu causeur.

— Je fis l'historique de ma vie, depuis mon enfance à Savigny jusqu'alors ; c'est-à-dire que je me montrai tel que j'avais été, en passant par les phases successives de laboureur, de soldat et de facteur rural. — Laurence parut s'intéresser beaucoup au récit de mes campagnes d'Afrique ; de la balafre de ma joue droite, elle voulut connaître l'origine et la cause ; je les lui donnai ; elle m'en récompensa par un regard de tendre commisération et par de douces paroles. — J'avais dû bien souffrir... — Oui, sur le moment. — Terrible chose, la guerre ! — Bref, comme je n'avais rien à cacher ni à taire, je n'omis aucun détail, sauf certains noms propres, que je jugeai inutile de faire connaître. En un mot, je racontai ce que j'ai eu l'honneur de raconter à vous-même. — Je ne pouvais sans émotion toucher à mes malheurs de famille ; aussi en parlai-je avec un attendrissement qui me sembla gagner mes auditeurs, notamment Laurence. Certes, je ne prétendais pas émouvoir ; j'exprimais ce que je ressentais, et ce ne fut pas ma faute si l'on parut touché de mon infortune.

Ce repas fini, et dont il me souvient comme si c'était hier, je pris congé, satisfait de ma journée ; mais une chose, à laquelle je ne m'attendais pas, devait bientôt m'en gâter le charme. Dans la cuisine, par laquelle je dus repasser, je reconnus mes deux lièvres accrochés au mur ; mais quoi ! ils n'étaient point seuls : ils s'étaient doublés de deux autres. J'avais entendu parler du miracle de la multiplication des pains, non de celui de la multiplication des lièvres ; aussi bien, fus-je un instant ahuri. Après tout, pensai-je, ça ne peut être que le cadeau de cet adorateur anonyme, de ce Grégoire, et je devais m'y attendre. Mais un bout d'écrit couronnait l'offrande ; je m'approchai, et jugez de mon étonnement en lisant ces mots : « Offert par M. Grégoire Nicolot, propriétaire à Grand-Châtel. »

Grégoire Nicolot ! c'était donc lui qui provoquait tant d'enthousiasme chez M. Monestier ! et c'était écrit de sa main ; son écriture, je la connaissais assez, Dieu merci ! Avait-il eu soin de souligner sa qualité de *propriétaire !* En effet, ne m'avait-il pas dit, autrefois, qu'il devait habiter Grand-Châtel, petite commune aux environs de Moirans, c'est-à-dire non fort éloignée de Châtel-de-Joux ? — Singulier rapprochement ! Je l'avais perdu de vue depuis mon retour de l'armée ; je m'imaginais ou qu'il était encore au service, ou qu'il plantait ses choux à Savigny ; mais il l'avait dit encore : il ne voulait pas rester soldat.

Je faisais en chemin mille réflexions. Rival pour rival, il est bon de savoir à qui l'on a affaire. Il était, je l'ai dit, riche en effet, Grégoire, et c'est là ce qui me tarabustait. Je n'avais pas, à beaucoup près, le même avantage. Bah ! concluais-je ; chacun pour soi, Dieu pour tous. Si la chance veut que j'échoue, ce qui est probable, ce sera un malheur... oui, un vrai malheur, car il n'y a pas à dire, je l'aime, je l'aime !

Mon père fut d'avis qu'il fallait battre le fer pendant qu'il était chaud, c'est-à-dire que je devais faire une cour assidue à Mlle

Laurence. Il est vrai que j'avais un rival dangereux en Grégoire Nicolot : raison de plus pour ne pas s'endormir sur le rôti, étant connues surtout les dispositions de Monestier. Ma tante opinait dans son sens, et ajoutait : « C'est quelque chose d'avoir ses entrées dans une maison, mais ce n'est pas tout ; il faut savoir en profiter. Il suffit souvent de peu de chose pour triompher des obstacles ; de même qu'un rien peut vous perdre à tout jamais aux yeux de l'objet aimé. Qui sait, par exemple, si la lettre attendue par M. Monestier ne va pas porter un coup irrémédiable à tes projets ? »

Ces derniers mots de ma tante m'avaient frappé. Le lendemain, je fis ma tournée comme à l'ordinaire, avec de la neige à mi-jambes et par des chemins non frayés. C'était rude. Je n'avais rien pour les Monestier, et cependant j'entrai à l'étau, sous prétexte d'allumer ma pipe ; en réalité pour faire un bout de causette. Laurence, seule avec sa mère, servait le café sur la table, aux trois quarts desservie. Elle sourit en m'apercevant.

— Vous arrivez bien, fit-elle, pour le prendre avec nous. — Asseyez-vous, M. Midol. Il n'y a rien tel que cela pour réchauffer, et par un temps pareil il faut du réconfortant.

— Merci non, fis-je en approchant mes jambes du poêle, je prendrai seulement « un air de feu. »

Et l'on causa. De quoi ? je ne saurais dire ; de tout peut-être, sauf de ce qui me tenait au cœur. — Par instants, cependant, je lui trouvais l'air mélancolique.

Tout à coup, Mme Monestier :

— Vous n'avez rien pour nous ?

— Rien...

— Singulier.

La lettre attendue sans doute, et qui ne venait pas.

Elle vint pourtant, le jour d'après. Je l'aurais reconnue entre mille ; c'était bien l'écriture de Grégoire, cette écriture serrée, un peu fine, sans grands jambages ni déliés. Et savez-vous à qui la lettre était adressée ? « A Mlle Laurence Monestier, chez ses parents, à Châtel-de-Joux. » Il osait lui écrire directement ! Que pouvait-il lui dire ? A en juger par le poids, la lettre avait au moins huit bonnes pages. Ah ! ce matin-là, je ne partais pas de bon cœur. — Je me disais que ce pli allait peut-être décider de mon sort ; que cette épître pouvait me ravir à jamais ma Laurence bien aimée ; qu'un autre que moi.... Cette pensée me donnait le frisson. — Je maudissais ce Nicolot, qu'un hasard fatal avait jeté à la traverse de mes amours ; puis j'accusai le destin, à la fois bizarre et cruel, qui faisait de moi le messager de mon rival, son « Mercure galant. »

Le dos appuyé contre un sapin, les pieds dans la neige, je roulais dans mes mains cet amer papier, que recouvrait une frêle enveloppe... et, pour la première fois de ma vie, je fus tenté de commettre une indiscrétion... Une lutte s'engageait en moi, entre l'amour ou, si l'on veut, la curiosité, et mon devoir ! Mais le combat fut court ; le devoir professionnel devait l'emporter. — « Allons, mordieu ! me dis-je, pas de faiblesse, Jean-Agnan... ce serait une lâcheté... plus encore, une infamie. » Et poursuivant ma route, j'arrivai chez les Monestier, le sourire aux lèvres. Elle était seule.

— Pour vous, lui dis-je, d'un air qui dut lui paraître dégagé.

— Pour moi ? qui donc peut m'écrire ?

Et, surprise, elle examina un instant la suscription, brisa le cachet, ouvrit lentement la lettre, la lut d'un bout à l'autre sans que son frais visage décelât la moindre émotion. — J'étais assis non loin d'elle, et cette indifférence, affectée ou réelle, me soulageait. Si elle ne l'aimait pas ? me disais-je. — Au fait, peut-elle l'aimer, ne l'ayant point vu encore ?

— Vous m'excuserez, fit-elle, en plaçant la lettre dans un coffret sur la cheminée ; il y a vraiment des gens qui ne doutent de rien !

Ceci, évidemment, s'adressait à l'auteur de l'écrit.

— Allons, pensai-je, tout n'est pas encore désespéré. Puis elle reprit :

— Nous vous aurons dimanche à midi, n'est-ce pas ? c'est entendu... Oh ! ne dites pas non.... cela me contrarierait si vous refusiez.

Je la contrarierais si... c'était donc que...

Aurais-tu enfin de la chance, Jean-Agnan ? faisais-je à part moi. Vrai Dieu !... Mais je fis bientôt réflexion que ce même dimanche, Nicolot se trouverait là, lui aussi. Quels pouvaient être leurs projets ? car, évidemment, Laurence ne m'invitait qu'avec l'autorisation de ses parents. Voulait-on voir et juger par comparaison ; établir un parallèle entre *lui* et moi ? C'est égal, j'acceptai, comme bien vous pensez.

V.

LA TROMBE DE NEIGE.

Mais il était écrit que je ne serais pas à ce festin, qui pouvait être le repas de fiançailles de *l'autre*. Depuis ce jour, il n'avait cessé de neiger ; c'est au point que le samedi suivant, je me demandais s'il était prudent de m'aventurer par un temps semblable. Mais il n'y avait pas à reculer, il fallait marcher coûte que coûte. Une bise glaciale vous coupait la figure en quatre ; on voyait à peine devant soi ; un ciel noir ; la neige fouettée en tous sens vous enveloppait comme d'un linceul ; nul doute, c'était la trombe.

Connaissez-vous la *trombe*, ou la tourmente de neige ? Horrible, Monsieur, horrible ! Vous voulez avancer et ne pouvez pas ; l'ouragan vous aveugle, le froid vous engourdit ; il semble vouloir vous clouer sur place : quelque chose du remous des vagues d'une mer furieuse, des craquements sinistres, l'effrayante solitude. Plus de chemin, plus de direction possible ; pas moyen de s'orienter ; la neige a tout envahi, tout recouvert de son blanc suaire ; la chaumière isolée disparaît elle-même sous l'avalanche ; les poteaux indicateurs de la route ont cessé d'être de visibles jalons ; pas une trace humaine, rien ! rien ! On est égaré, perdu. On croit avancer, on recule ; et bien fin qui pourrait dire où il se trouve en pareil moment.

J'étais, moi, ou plutôt je croyais être, au début de la trombe, sur le plateau d'Etival, à peu près à égale distance entre cette commune et les Crozets, c'est-à-dire, chose triste à penser, à l'endroit même où — il y avait dix ans de cela — un facteur rural avait péri dans de semblables circonstances. Il n'est malheureusement pas rare, dans ces régions, d'apprendre qu'un pauvre facteur a été, sur tel ou tel point, victime de la tourmente ou du froid, et il ne se passe guère d'hivers sans que les journaux n'enregistrent la mort de quelque piéton en tournée, tombé martyr du devoir sur son champ de bataille, à lui.

J'avais déjà fait du chemin pourtant et je n'apercevais toujours rien ; je n'arrivais nulle part. Ah ! que j'aurais donné pour me savoir enfin dans un village, à proximité d'une habitation !.. Où donc était Châtel-de-Joux ?... Je luttais ; je me débattais ; j'étais exténué. La tête me tournait. Deux fois je me heurtai contre un corps dur : c'étaient des traîneaux en détresse, abandonnés là sans doute par des voyageurs. Les courriers ne marchaient plus ; les communications étaient coupées. Je fis de nouveaux efforts ; le froid me gagnait de plus en plus. Je portai à mes lèvres un petit flacon rempli d'eau-de-vie, dont j'avais eu soin de me munir ; cela me réchauffa d'abord ; mais bientôt le froid me devint plus sensible ; je grelottais, mes dents claquaient. J'appelai au secours... peine perdue ! Mon chien, mon brave Soliman hurlait. Je me sentais défaillir, je n'avais plus conscience de moi-même, et, trébuchant dans mon manteau, je tombai comme une masse inerte en murmurant une prière, et j'attendis la mort.

Combien de temps restai-je en cet état ? Je l'ignore. Toujours est-il que, le lendemain matin, je me trouvai couché dans une chambre qui m'était inconnue ; près de mon lit, une petite table sur laquelle se trouvaient des potions, des tisanes. Où donc étais-je ?.. Personne. Dans la pièce voisine, j'entendais marcher avec précaution des gens qui, sans doute, m'avaient veillé pendant la nuit. Comment n'étais-je point mort ? Qui m'avait sauvé ? Car je vivais, bien que je ressentisse une extrême fatigue et que je pusse à peine me mouvoir. J'avais les paupières lourdes, un besoin de sommeil invincible. Il faut croire que je dormis longtemps, puisque,

quand je m'éveillai, la nuit était venue, et une lumière éclairait l'appartement. Si discrètement qu'on eût entr'ouvert mes rideaux, j'avais vu se dresser à mon chevet l'image d'une ravissante jeune fille ; je poussai un cri... c'était Laurence Monestier, derrière laquelle se tenaient mon père et ma tante Babet !

Je fis un effort pour lui tendre la main, mais aussitôt je sentis comme un chaud baiser s'y appuyer ; mon chien me léchait.

Je compris aussitôt ce qui ne devait pas tarder à m'être expliqué ; car la joie de me retrouver tout à coup sous ce toit, entouré d'êtres chers, me remit sur pied tant bien que mal.

Mon brave Soliman, me voyant étendu sans mouvement, s'était mis à hurler de plus belle ; puis, comme ce moyen ne lui réussissait pas pour obtenir du secours, il avait, mon bâton passé en travers de sa gueule, gagné, comme il avait pu, le plus proche village. Etait-ce le hasard ou son instinct seul qui l'avait conduit à Châtel-de-Joux ?

N'importe, il s'était reconnu aussitôt et, tout naturellement, il s'était dirigé vers l'habitation des Monestier. Ceux-ci, augurant de l'attitude du chien qui, à sa manière, implorait des secours urgents, qu'un malheur avait pu frapper son maître, donnèrent l'alarme. Des gens, guidés par Soliman, se mirent aussitôt à ma recherche. C'est ainsi que je dus d'être rapporté demi-mort chez les Monestier ; l'intelligent animal m'avait sauvé.

D'autre part, mon père et ma tante, inquiets de ne pas me voir revenir à l'heure habituelle, puis, alarmés de mon absence qui se prolongeait outre mesure, avaient résolu de m'attendre jusqu'au jour. Mais dès la première aube ils s'étaient mis courageusement en campagne, eux aussi. Mon père connaissant ma tournée, qui avait été sienne, marchait en avant pour frayer le chemin à sa sœur Babet, s'informant sur tous les points du parcours si l'on m'avait vu. C'est ainsi qu'ils arrivèrent, non sans grand'peine, à Châtel-de-Joux. Leur premier soin fut de courir chez les Monestier, où, pensaient-ils, il se pouvait que je fusse resté. Dans leurs transes mortelles à mon sujet, ils se ratta-chaient d'idée à ce dernier espoir qu'ayant échappé aux étreintes de la trombe, je m'étais réfugié sous ce toit sauveur. Ils ne se trompaient que de bien peu, comme vous voyez. J'étais, en effet, où leur tendre sollicitude les avait conduits. Mais dans quel état! presque inanimé encore, respirant à peine. Des soins intelligents, assidus, dé-voués, avaient pu seuls me rendre à la vie qui, si les secours eussent tardé à venir, m'a-bandonnait sans retour. Je vous ai dit ce qui avait accéléré ma guérison.

Elle devait être bientôt complète. Vous n'êtes pas sans avoir ouï dire ou sans avoir pu constater vous-même que d'un malheur naît souvent un bien. Je devais en faire la douce expérience. La présence de mon père et de ma tante Babet au logis des Monestier me servit auprès de ceux-ci bien mieux que n'eussent pu le faire peut-être six mois de fréquentation, étant donnée ma timidité ou, si vous voulez, ma gaucherie dès qu'il s'a-gissait de faire ma cour. Vous pensez bien que mes parents s'étendirent en éloges sur mon compte, et peut-être leur affection pour moi leur fit-elle exagérer encore les qualités que je pouvais avoir. Quoiqu'il en soit, de ce qu'ils savaient par moi, de ce qu'ils apprirent de leur bouche, de ce qu'ils pouvaient tenir d'ailleurs, les Monestier avaient constitué un dossier des plus favorables à mon endroit, à ce point — ce fut mon père qui me l'apprit — que leur demande, formulée séance te-nante, avait été agréée; que j'étais le préféré de Mlle Laurence, le fiancé de son choix, son futur mari, en un mot; que le mariage aurait lieu dans la seconde quinzaine de janvier, c'est-à-dire à l'expiration d'un deuil de fa-mille chez les Monestier.

— « Comment je?.. Laurence!.. » Je bal-butiais; le bonheur me clouait la bouche. — « Est-il possible? Mais *l'autre?..* »

L'autre — Grégoire — était venu. Mal-heureusement pour lui, il avait été précédé, au logis Monestier, de renseignements dé-plorables; — car, tu conçois bien, ajoutait mon père, que des gens sensés ne vont pas ainsi disposer de leur fille unique à la légère; ils se renseignent par sous-main.

— Cependant M. Monestier, Mme Mo-nestier elle-même, paraissaient si coiffés de Grégoire?

— Ils n'en sont plus coiffés à cette heure, je t'assure; Nicolot, revenu du service, n'a rien fait qui vaille: il s'amusait, il jouait, il buvait.

— Ah! l'absinthe, fis-je aussitôt, songeant à la funeste habitude qu'il avait contractée en Afrique.

— L'absinthe, et autre chose. Bref, à ne rien faire et à dépenser, on ne s'enrichit guère, pas vrai? Lui croyait sans doute n'arriver jamais au bout de son avoir; il paraît cependant qu'il y est arrivé ou qu'il y arrive. Savigny a été vendu pour payer ses dettes; mais cela n'a pas suffi, et aujourd'hui on exproprie son petit domaine de Grand-Châtel, criblé d'hypothèques. Repoussé dans maintes demandes en mariage, il voyait dans une alliance avec Mlle Monestier un moyen de salut; il y rattachait sa dernière espérance, et cette espérance lui manque. Comprends-tu?...

— Oui, dis-je en songeant à quel fil ténu tiennent souvent les destinées; sans ces renseignements de la dernière heure, qui peut dire ce qui aurait eu lieu? Selon toute probabilité, Mlle Laurence Monestier devenait Mme Grégoire Nicolot, et alors... — Je ne puis que le plaindre, ajoutai-je; un peu vantard, Nicolot, mais pas foncièrement méchant.

— Tu crois? Eh bien! non... il est querel-leur, brutal, envieux, haineux... on en a des preuves... Mais c'est assez causé de Nicolot. Qu'en dis-tu?

— Je dis que je crois rêver. Elle m'aime donc, la mignonne?

— Oui.

— Vous avez vu ça? Mais à quoi?

— D'abord à ceci: tout le temps que tu as été cloué dans ce lit, eh bien! elle ne vivait plus, quoi! Toujours les affres; même une fois ta tante a remarqué qu'elle avait pleuré à ton sujet... elle craignait de te perdre.

— Positivement! confirma ma tante Babet.

Je n'étais pas ce qu'on peut appeler un joli garçon; je n'étais que grand, mais un peu lourd d'allures. On pouvait donc m'aimer

4

malgré cette balafre qui, divisant ma joue en deux, coupait l'harmonie de mes traits!

— Mais les grands parents? repris-je.

— Les grands parents, ils disent comme ça, qu'un jeune homme courageux, un bon fils ne peut être qu'un bon époux; tu leur vas.

Je n'en demandai pas davantage. Je voulais repartir, on s'y opposa; il me fallait encore du repos. Je n'avais pas, au reste, à m'inquiéter pour mon service. Le bruit de mon accident était arrivé à l'administration, et un employé, désigné par elle, devait me remplacer dans mes tournées jusqu'à ce que je pusse les reprendre.

Mon père et ma tante s'en retournèrent et, trois jours après, je reprenais moi-même le chemin de Moirans, l'âme bercée des pensées les plus douces, le cœur grand ouvert à la perspective d'un avenir de félicité.

VI.

LE RAVIN DU CRIME.

La neige durcie craquait sous les semelles et gardait l'empreinte des pas. A quelque distance des Crozets, et en pleine forêt, existe une longue et profonde excavation au fond de laquelle roule un torrent. Nulle habitation dans un rayon rapproché; quelques chalets seulement à l'autre bout de la montagne; là, rien. Rien que des rochers à pic, des troncs de sapins foudroyés ou tordus par la tempête, un désert d'aspect sauvage. C'est un *pas* dangereux, en ce sens qu'on ne peut le franchir qu'en suivant un étroit chemin à talons pratiqué sur l'un des versants, et que le moindre écart peut vous précipiter dans l'abîme béant à vos pieds. Un vrai coupe-gorge que cet endroit connu sous le nom de *Ravin du Crime*, en raison des attaques dont il avait été autrefois le théâtre, et dont certaines étaient passées à l'état de légendes. On parlait encore d'un colporteur parti un matin de Moirans, un ballot au dos, en vue de faire une journée de vente aux Crozets, puis de rentrer le soir à son auberge, et qui n'avait pas reparu. Ce ne fut que huit jours plus tard que son cadavre, charrié par les eaux

du torrent, fut retrouvé à une grande distance de là, percé de coups de poignard. Le malheureux porte-balle avait dû être poignardé au Ravin du Crime, car un ballot qui, sans doute, avait roulé pendant la lutte entre l'assassin et sa victime, et s'était éventré à mi-pente sur un angle de rocher, avait été reconnu pour sien. Le misérable coupeur de bourses, resté quelque temps inconnu, mais qui avait fini par se trahir lui-même et se faire arrêter, avoua plus tard que le peu d'argent dont il supposait le colporteur nanti avait été le mobile du coup.

Cette sombre histoire me revenait à l'esprit à mesure que j'avançais seul pour la première fois peut-être depuis bien longtemps; je n'avais pas avec moi mon chien. Dans la crainte qu'il n'arrivât à mon père et à ma tante quelque accident de route, je leur avais laissé Soliman, qu'ils avaient dû ramener avec eux de Châtel-de-Joux à Moirans. C'était un guide sûr, connaissant tous les méandres du chemin sous bois, tous les accidents de terrain, qu'il sondait pour ainsi dire, et, vous avez pu déjà le remarquer, un sauveteur en cas de danger, comme il eût été un rude champion en cas d'attaque. Avec Soliman pour compagnon, je pouvais être à peu près certain de l'heureuse issue de leur trajet. Mais je ne l'avais pas, et, je ne sais pourquoi, je regrettais de ne pas l'avoir. L'étroit chemin sur lequel je m'étais engagé, je l'avais suivi maintes fois dans mes tournées d'été et par un temps sec. Quiconque avait le pied alpestre, comme je l'avais alors, pouvait au surplus s'y aventurer sans risque aucun, en tenant pour écartée, bien entendu, l'hypothèse des mauvaises rencontres. Car, en ce cas, le salut est au plus fort ou au plus adroit; tout appel au secours est stérile: la voix humaine n'a pas d'écho dans ce ravin, ou plutôt elle s'y étouffe... Comment j'avais, en plein hiver, pu prendre cette voie, c'est ce que, à cette heure même, je ne saurais dire. L'esprit plein d'une seule idée, peut-être m'y étais-je inconsciemment engagé; peut-être aussi le désir d'abréger ma route m'y avait-il poussé, car à la prendre on gagne près de deux kilomètres.

Quoiqu'il en soit, j'avais fait déjà les trois

quarts de ma difficile traversée, quand je vis, à une portée de fusil devant moi, un homme de mauvaise mine, debout dans le chemin, les deux mains appuyées sur une sorte de pieu. Il était assez mal couvert : une mauvaise houppelande jetée sur ses épaules et dissimulant mal le désordre, la malpropreté des vêtements qu'elle était censée recouvrir. Sur sa tête, un feutre mou à larges bords rabattus sur ses yeux ; aux jambes, des bottes éculées ; l'attitude louche d'un coupe-jarret qui attend ou semble attendre quelque voyageur à dévaliser.

Quel est cet homme ? pensais-je. Est-ce à moi qu'il en veut ? c'est à croire. Mais, pour m'attendre ainsi en pareil endroit, il m'a donc vu prendre le chemin du ravin ? Comment a-t-il pu m'y précéder sans que je le visse ? Je pus constater alors l'empreinte de pas récents dans la neige, chose à laquelle je n'avais pris garde. N'importe, me dis-je, poursuivant ma route et assujétissant dans ma main solide bâton de cornouiller ferré du bout ; s'il est réellement dans des dispositions hostiles à mon égard, il trouvera à qui parler.

Je fus bientôt fixé sur ses intentions. A peine arrivais-je à quelques pas de lui, que, se redressant et faisant un moulinet de son pieu :

— Halte-là ! On ne passe pas. Je te tiens et ne te lâche pas.

La voix était rauque, enrouée.

— Que me veux-tu ? Qui es-tu ? fis-je, avançant.

— Qui je suis ? Regarde.

Et se découvrant, je reconnus Nicolot. Nicolot, en pareil lieu, en semblable accoutrement ; la bouche grimaçante, le regard un peu hébété, chargé de haine pourtant.

— Toi, malheureux, toi !

Je dois le dire, ma voix seule était rude ; au fond je ne me sentais aucune animosité contre lui : j'étais heureux, et le bonheur, dit-on, rend généreux ; lui en eussé-je voulu, d'ailleurs, que, le retrouvant après si longtemps, ma main se fût tendue vers la sienne, car, en somme, ç'avait été un camarade d'enfance, un condisciple, un frère d'armes. Mais cet abord, qui ressemblait fort à un guet-apens, ne disposait guère à l'épanchement.

— Ce que je veux ? reprit-il, te tuer !

— Me tuer ? tu es fou !

Et comme il me sautait à la gorge :

— Lâche-moi ! lâche-moi ! lui criai-je en le repoussant.

— Non, j'ai juré de me venger, je me vengerai !

— Que t'ai-je fait ?

— Tu m'as volé ma promise... tu m'as desservi près de ses parents... tu es un coq...

Il n'acheva pas : d'une main je lui clouais l'injure à la bouche, de l'autre je le maintenais dans le sentier, car son intention évidente était de me précipiter dans l'abîme.

Deux fois nous roulâmes enlacés comme deux serpents, lui, jurant, écumant, me mordant pour me faire lâcher prise et pouvoir arriver plus aisément à ses coupables fins.

Il était plus fort que moi, tout fort et robuste que j'étais. D'ailleurs, je me ressentais de l'affaiblissement qui suit toujours une période de maladie grave, et malgré tous mes efforts, j'allais succomber. Déjà, j'avais le buste hors du petit mur de pierres sèches servant de garde-fou, la tête penchée en avant, le regard plongé dans le vide effrayant. C'était la mort qui m'attendait, une mort horrible, car lui, le sauvage, il me mordait de plus belle, afin que je ne pusse l'entraîner dans ma chute. Oh ! cette minute ! un siècle, voyez-vous... Quand il m'arrive encore d'y songer, j'en ai le frisson, je vois rouge.

Il s'agissait de sauver ma vie, plus encore, mon bonheur. Cette idée que, moi mort, mon père, ma tante resteraient sans appui, sans gagne-pain, que Laurence appartiendrait à un autre... à lui peut-être, me donna tout à coup une force, une vigueur dont je ne me serais jamais cru capable. Dégageant une de mes mains, je plongeai mes ongles dans le cou du monstre, je le mordis à mon tour ; puis, par un effort que je pourrais appeler surhumain, je me redressai à demi, dégageai l'autre bras et, imprimant à son corps un mouvement de conversion subit, je me trouvai dessus, lui dessous, la face sur l'abîme, le buste en avant ; les rôles étaient changés. Il luttait en désespéré ; mais il haletait, il s'était épuisé en efforts. Il voulait blasphémer : un hoquet sourd lui montait à la gorge et lui coupait le blasphème. Assurément, j'aurais pu, à ce moment-là, le précipiter ; lui faire, à lui, ce qu'il avait tenté, prémédité de me faire à moi. Mais la pensée que j'aurais à me reprocher mort d'homme me retint. Je fis plus : je le tirai, sans le lâcher pourtant, dans le sentier, voulant lui montrer par là que si je lui laissais la vie sauve, c'est que je le voulais bien.

— Va-t'en, lui dis-je : tu es libre ; et mes bras se détendirent.

Croiriez-vous que cette bête fauve paya ma générosité d'un coup de poignard ? Oui, un couteau à lame effilée, de la grosseur d'un eustache, qu'il tenta traîtreusement de me plonger dans la poitrine, et qu'il m'y eût plongé jusqu'au manche si, observant ses mouvements, je n'avais fait un recul qui n'empêcha pas le coup de m'être porté, mais en atténua la gravité : la lame n'avait qu'entamé les chairs, mais mon sang coulait.

M'emparer de l'arme, la lancer où il aurait voulu me lancer moi-même, fut l'affaire d'un instant.

— Misérable ! lui criai-je ; il ne te manquait plus que d'être assassin ! Est-ce bien toi que j'ai connu ? Toi ! A ton âge, à trente ans, en être arrivé à ce point de dégradation ! Allons, décampe ! ajoutai-je. Il se releva.

On eût dit qu'à ce moment il était à demi ivre, le malheureux ! Il leva son pieu comme pour m'en frapper. D'un coup de mon cornouiller, j'envoyai le pieu rejoindre le poignard.

— Hâte-toi de fuir, lui répétai-je, car à cette heure je ne réponds plus de moi. Rentre dans la bonne voie, s'il est possible encore ; fais comme moi, travaille !

Il ricanait.

Je dois avouer cependant qu'il ne se fit pas dire une troisième fois de détaler ; il tourna bride dans la direction des Crozets, non sans me crier, entre deux hoquets :

— Je ne te perds pas de vue, Jean Midol ; tu auras de mes nouvelles, un jour ou l'autre... je te brûlerai.. Je ne te dis que ça.. mille tonnerres !

Sans faire grande attention à ses injures

ni à ses menaces, je descendis sur Moiraus. C'était moins encore de la colère que de la pitié — une pitié mêlée de dégoût — que je ressentais pour ce malheureux.

Ma blessure, que j'eus soin d'attribuer à une tout autre cause que la vraie, n'était rien. J'aurais pu en dénoncer l'auteur ; je ne le fis pas. Qu'il aille, me dis-je, se faire pendre ailleurs !

VII

Heur et Malheur. — L'Incendiaire.

Trois mois plus tard j'étais marié. J'avais épousé Laurence Monestier. Nos noces avaient été semblables à toutes les noces villageoises de ces contrées. Non pas qu'elles eussent eu grand éclat : quelques invités des deux parts ; les plus nombreux du côté des Monestier. Des repas sans fin, des chants, des rires bruyants, des *branles* (1) tapageurs jusqu'à une heure avancée dans la nuit ; enfin le déploiement des us et coutumes en pareil cas. Châtel-de-Joux en fut, durant trois grands jours, tout ébaubi...

Devant les questions d'intérêt soulevées et agitées à l'heure du contrat entre les anciens, je m'étais effacé. J'épousais Laurence pour elle-même, abstraction faite de toute idée d'avantages matériels. Moi, devenir son mari, n'était-ce pas plus déjà que je n'eusse osé espérer ?

Les petits capitaux dont pouvaient disposer les époux Monestier, leur servant de fonds de roulement pour leur commerce de bois, ils n'avaient pu faire à leur fille une dot en numéraire. Ils s'étaient, en revanche, engagés à nous servir une petite rente annuelle. Il avait été convenu que je renoncerais, aussitôt que faire se pourrait, au dur et parfois dangereux métier de facteur. Telle était bien mon intention ; mais comme je désirais rendre à ma femme la vie aussi douce que possible, étant donnée notre situation nouvelle, et que j'avais à cœur d'augmenter, par mon salaire, le budget du ménage, je continuai, marié, d'arpenter la route, en atten-

(1) Sorte de danse montagnarde.

dant soit un poste de garde forestier, soit un emploi dans la douane active ou sédentaire en quelque bureau frontière. Eussé-je pu vivre, d'ailleurs, sans rien faire — et tel n'était pas mon cas — qu'il m'aurait répugné de rester oisif. Habitué au travail dès l'enfance, il me fallait une occupation, quelle qu'elle fût, et je devais, en attendant mieux, m'en tenir aux fonctions que la destinée m'avait départies.

Plus tard, et s'il y avait lieu, mon beau-père me viendrait en aide, pensais-je. L'avoir des parents Monestier, c'était une poire pour la soif, comme on dit ; un héritage, à un moment donné, pour les uns ou les autres.

Le croiriez-vous ? Toute mon ambition se bornait à ceci : être un jour à même de me construire une maison à Savigny, sur l'emplacement de la maisonnette incendiée ; de l'entourer de quelques arpents de terre à moi, d'une vigne à moi ; de prendre là mes invalides, d'y planter mes choux, de voir, à mon déclin, le soleil se lever aux lieux mêmes où m'avait souri la vie étant enfant. Etait-ce, chez moi, nostalgie du pays, désir de ne mourir qu'en terre natale, de reposer dans ce coin du cimetière où, depuis si long-temps déjà, reposait ma mère ? C'était un peu de tout cela, sans doute, et mon père lui-même, vieilli et cassé, avait exprimé souvent le désir du retour à Savigny.

C'était une raison de plus pour me décider. Aussi bien ma bonne Laurence n'avait-elle de préférence pour telle ou telle résidence. Du moment qu'un projet semblait me plaire, elle s'y ralliait aussitôt d'enthousiasme, et il n'est pas douteux qu'avec le temps nous n'eussions pu réaliser celui-là.

Dix-huit mois s'étaient passés : nous vivions, en effet, dans une aisance relative, grâce à la pension, servie d'avance, qui venait s'ajouter à mes profits mensuels, aux cadeaux soit en argent, soit en nature, qui, de ci, de là, nous arrivaient de Châtel-de-Joux, et assurément, à la longue, nos économies devaient faire la boule de neige. Le budget commençait à s'arrondir. Il est vrai que la famille semblait vouloir augmenter en proportion directe : une belle fille dont mon père avait été le parrain et Mme Monestier la mar-

raine, et qui avait reçu le nom de sa mère, à laquelle elle ressemblait, comme se ressemblent deux gouttes d'eau — tout son portrait, Monsieur, cette petite Laurence ; — puis un autre, fille ou garçon, qui était en route.

Tout semblait aller au gré de nos désirs, lorsqu'un dimanche matin, un homme, envoyé par M. Monestier, vint nous annoncer une bien triste nouvelle. Un terrible incendie avait, la veille, éclaté simultanément dans la maison et la scierie de mon beau-père, pourtant assez distantes l'une de l'autre. Comme le feu ne s'était manifesté qu'à une heure avancée de la nuit, alors qu'un violent vent de traverse soufflait à ne pas tenir debout, on n'avait pu donner l'alarme que tardivement, et les secours avaient été impuissants à préserver quoi que ce fût. Tout avait été détruit : mobilier, valeurs et marchandises. De la scierie, les flammes avaient gagné le magasin de bois, et les planches sèches avaient flambé comme feu de paille. Quelques efforts qu'on eût pu faire, rien n'avait endigué le fléau : si l'on parvenait à s'en rendre maître sur un point, aussitôt il éclatait sur un autre avec plus de violence et d'intensité !...

— Mais eux ? interrompis-je, anxieux.

— Sauvés, M. et Mme Monestier ; sauvés, les gens de la maison, et ça n'a pas été sans peine, allez ! Surpris dans leur sommeil par les flammes qui déjà faisaient craquer le plancher, vous pensez bien que ce fut à eux d'abord que chacun songea. Heureusement, leur sauvetage put s'effectuer sans accident grave ni pour eux, ni pour les sauveteurs, sauf Mme Monestier qui, dit-on, a une jambe luxée... mais cela ne sera rien. Quant au logement du second étage, vous n'ignorez sans doute pas qu'il était vide...

Je savais effectivement que, six semaines avant, les locataires de M. Monestier avaient imaginé de liquider leurs termes arriérés, en déménageant la nuit, à la cloche de bois.

— Et, demandai-je, l'on ne soupçonne pas la malveillance ?...

— Au contraire : il paraît que le feu a été mis par une main criminelle... Des boules incendiaires retrouvées dans les décombres l'attestent... Mais qui ?... voilà ce qu'on n'a pu savoir encore. M. Monestier ni les siens ne se connaissent pas d'ennemis dans la commune ; quelques personnes affirment cependant avoir vu rôder dans la soirée d'hier, autour de la maison et de la scierie, un individu de mauvaise mine, aux allures suspectes... On ne sait que penser...

Un individu de mauvaise mine... ces mots me frappèrent, et soudain les menaces proférées par Nicolot me revinrent à l'esprit. Nicolot ! si c'était lui l'incendiaire ? Je ne l'avais pas rencontré depuis la scène du Ravin du Crime, et j'avoue que, depuis, je n'avais guère songé à ce malheureux. Le bonheur vous fait oublier tant de choses ! De temps à autre, pourtant, il m'était revenu aux oreilles que, s'adonnant de plus en plus à la boisson, Nicolot en était venu à un état d'abrutissement voisin de la folie. On ignorait même où il pouvait prendre les sous qu'il consacrait à boire ; on le fuyait comme une peste ; il n'avait plus ni feu ni lieu : c'était un vagabond de la pire espèce, qui, tôt ou tard, finirait mal...

Tels étaient des bruits qui couraient sur son compte. Pourtant, je doutais encore ; car comment concilier cet état de stupidité chez l'homme avec cet acharné désir de vengeance criminelle et lâche ? Deux ans entre l'exécution et la menace. — Hélas ! je ne savais pas combien vivace et persistante est la volonté chez l'être, fût-il abruti, possédé d'une idée fixe ; je ne savais pas qu'il y a souvent peu loin du vice au crime ! Mais *brûler* mes grands parents de Châtel-de-Joux... quel intérêt ? ... Mais au fait, eux, c'était encore moi, c'était encore elle !...

Je crus prudent, néanmoins, de garder pour moi mes réflexions, tant le cas me parut grave. Au fait, pensai-je, ce ne sont là que des suppositions, et il se pourrait qu'elles fussent mal fondées.

Je ne vous peindrai pas la douleur de Laurence en apprenant cette fatale nouvelle : son père et sa mère sans abri, recueillis par des voisins !...

Nous échangeâmes un rapide et douloureux regard : nous nous étions compris. En y adjoignant deux pièces inoccupées, l'appartement que nous occupions devenait assez vaste pour loger deux familles. M. et M** Monestier auraient leur logement assuré.

Ce ne fut, certes, pas moi qui fis ma tournée ce jour-là, non plus que les jours suivants ; j'étais navré de ce désastre. Et Laurence donc ? pâle et dolente ; quel coup dans sa situation ! S'il allait lui être fatal ! Je la quittais au moment où, peut-être, ma présence au logis eût été le plus nécessaire. Je la rassurai de mon mieux, et la recommandant aux soins de ma tante Babet, je courus plutôt que je ne marchai sur Châtel-de-Joux ; l'envoyé de mon beau-père avait grand peine à me suivre.

Tout n'était que trop vrai dans le récit qui m'avait été fait : la scierie, en cendres ; la maison, des ruines fumant encore ; quatre grandes murailles aux pierres calcinées, demi-croulantes. De ce qui avait été l'habitation, plus rien ! Plus rien de la chambre de Laurence ; anéantis, ces meubles si joyeux à l'œil, cet intérieur si propret, tous ces chers souvenirs se rattachant à notre amour, au point de faire, pour ainsi dire, corps avec lui.

Je trouvai M. Monestier dans un état d'abattement profond. Cet incendie, c'était la ruine, me dit-il.

— La ruine ?

— Complète. Tout est brûlé ; mes livres, mes valeurs, mes titres de créance, tout jusqu'à ma voiture, jusqu'à la *Grise*, ma bonne jument que tu sais, et qui a péri dans le feu ; et rien d'assuré... rien ! Ajoute à cela, mon pauvre Jean, la faillite ou plutôt la banqueroute d'un négociant de St-Claude, qui me devait une assez forte somme ; la perte d'une autre créance dont le remboursement, s'il m'avait été fait comme j'y comptais, il y a un mois, vous aurait profité à vous deux Laurence ; enfin d'autres créances dont le total forme un certain chiffre et qui sont ou complètement perdues, ou grandement aventurées. Toutes ces nouvelles m'ont été données par la lettre de mon homme d'affaires de St-Claude, que tu m'apportas hier (il me tutoyait depuis que j'étais devenu son gendre) et dont je ne pus prendre connaissance qu'après ton départ. C'était déjà joli, n'est-ce pas ? Ce n'était pas encore assez, paraît-il, puisque, quelques heures plus tard, un incendie devait m'achever. Dis-moi un peu ce qui me reste ? Deux ou trois carrés de fonds, presque sans valeur dans ce pays aride : la belle affaire, vraiment ! Et ma pauvre femme qui me croit encore des ressources : ne va pas la désabuser, au moins !

Je relevai son courage : perte de bien n'est pas mortelle. On se débarrasserait des bouts de fonds... si peu qu'on les vendrait ce serait toujours ça... puis il y avait des scieries à Moirans et au Petit-Villard ; on verrait à en acheter, à en monter ou exploiter une... enfin on aviserait... Avec le vivre et le couvert, ce serait bien le diable si...

— Le vivre et le couvert ? Et qui me les donnera ?

— Moi, pardié !

— Toi ! avec ta maigre paye de facteur... tu voudrais nourrir, vêtir, loger ton monde, et nous ?

— Pourquoi non ? On n'a pas les côtes en long, et l'on sait faire une corvée, par ci, par là, en dehors du service... Puis, j'ai un peu d'argent... pas beaucoup... la tante Babet a aussi quelques économies au fond d'un bas de laine... on prendra cela pour aviser au plus pressé... ne vous tourmentez donc pas l'esprit...

— Tu es un brave cœur, Jean Midol. Je t'avais méconnu tout d'abord... je peux bien te le dire à cette heure ; je résistais à ce mariage, oui ; car enfin tu n'étais pas riche... tandis que l'autre, tu sais ?... Comme on se trompe, pourtant !

— Ah ! oui, pensais-je.

— Mais la petite t'aimait. Oh ! j'avais vu ça de suite... Tiens, le jour où tu nous arrivas, flanqué, ou plutôt lesté de ces deux lièvres, et nous fis le récit de ta vie... Mais quel est ce bruit ?

Des groupes se formaient dans la rue ; nous nous en approchâmes.

La justice était là, venant procéder à une enquête sur place. On interrogeait l'un et l'autre. Mes pressentiments ne m'avaient pas trompé. Questionnée à son tour, une femme dit avoir vu, le soir de l'incendie, entre huit et neuf heures, un individu qui ressemblait fort à l'*innocent* (1) de Grand-Châtel (Nicolot)

(1) Imbécile, idiot.

lancer quelque chose à l'intérieur de la scierie. Elle n'y avait autrement pris garde, mais, à la nouvelle de l'incendie, elle avait bien pensé que ce pouvait être quelque matière inflammable. Un voisin de Monestier avait parfaitement reconnu ce même Nicolot. Il s'était arrêté devant l'œil-de-bœuf du portail de grange, puis, soudain, comme quelqu'un surpris en faute ou qui se croit observé, il avait détalé dans la direction d'Etival.

Ces dépositions et d'autres encore venant s'ajouter aux graves présomptions pesant sur Nicolot, que la rumeur publique n'avait pas tardé à désigner comme l'auteur possible, sinon probable du désastre, avaient motivé un mandat d'arrêt. Nicolot avait été arrêté à Etival chez Thomas Gérandot dit le *Bouquin*, homme taré, de 35 à 40 ans, vivant seul dans une sorte de hutte au pied de la côte, sans autre société habituelle qu'un bouc (de là son sobriquet) et un chien-loup, sale, mal peigné, en un mot à l'avenant de son maître, lequel était lui-même d'un extérieur repoussant. Sans moyens d'existence connus, on devait supposer que le Bouquin vivait de rapines ; car, plus d'une fois, il avait été surpris en maraude à travers champs et dans les bois, et même il avait eu, à ce propos, plus d'un démêlé avec les tribunaux. On se méfiait de lui : il passait pour un homme dangereux et bien peu de personnes se souciaient de l'occuper. De loin en loin, cependant, d'aucuns l'employaient à des travaux de terrassement : il avait, disait-il, été terrassier ; au reste, sans attache dans le pays, où il était venu se fixer depuis cinq ans environ. Pour mieux dire, on ne savait positivement qui il était, ni d'où il venait. Raison de plus pour qu'on eût l'œil sur lui. L'huis de sa masure ne s'ouvrait guère qu'à Nicolot, quand, d'aventure, celui-ci venait à passer par Etival. Le Bouquin s'enivrait : les deux, comme on disait, faisaient la paire.

Quoiqu'il en soit, la nouvelle de l'arrestation de Nicolot était la principale cause des rassemblements. Transféré le soir même dans la chambre de sûreté à Moirans, et gardé à vue, Nicolot, deux jours après, devait être conduit sous bonne escorte au chef-lieu du département pour y être écroué dans la prison cellulaire, en attendant son arrêt, puis son envoi aux galères, car il y devait être envoyé plus tard. Son affaire appelée aux premières assises, avait été renvoyée pour être jugée à la session suivante : son avocat — un défenseur nommé d'office — ayant plaidé la folie, l'état mental de Nicolot devint l'objet d'un examen sérieux de la part de médecins aliénistes. Mais le résultat de cet examen fut un rapport négatif : Nicolot s'alcoolisait, mais n'était pas fou. Les excentricités, les bizarreries, les extravagances de l'incendiaire étaient voulues ; en un mot, Nicolot avait simulé la folie : de là sa condamnation... Ainsi, moi, j'avais là-bas, au troisième chasseurs, serré la main d'un futur galérien... Qui eût jamais pensé qu'il en fût arrivé là ?...

Le *Bouquin*, lui aussi, avait été arrêté, mais il fut relâché au bout de quelques jours d'instruction, faute de preuves suffisantes établissant sa participation au crime, soit comme co-auteur, soit comme complice.

Le lendemain, à la première heure, une voiture me ramenait à Moirans avec le père et la mère de Laurence, que j'installai chez nous.

De nouvelles transes m'assaillaient au retour : ma chère compagne avait été frappée de la catastrophe dont les parents étaient victimes, au point que sa vie était en danger. Le médecin n'en répondait pas. Jugez de ma peine et de mon angoisse ! Elle était dans les douleurs de l'enfantement, bien qu'elle ne fût qu'au septième mois de gestation : ce fatal évènement venait d'avancer de deux mois le terme de la grossesse. Ce qu'elle souffrit, voyez-vous, je ne saurais le dire. Il fallut sacrifier l'enfant pour sauver la mère. Le pauvre petit être était mort avant d'être né...

Elle fut longue à se remettre. Mais à force de soins, la santé lui revint au moins en apparence. Mon pécule diminuait sensiblement ; d'autre part, le poste dans les douanes sur lequel je comptais le plus, se faisant attendre, et ne pouvant, faute de ressources suffisantes désormais, procurer à mon beau-père la situation que j'avais rêvée pour lui, j'étais de plus en plus rivé au métier de facteur.

Tout ce que je pus obtenir pour M. Monestier, ce fut de le faire admettre, comme employé aux écritures, chez un marchand de bois possédant plusieurs scieries sur le ruisseau d'Héria. De nos gains réunis on vivait, mais pas plus ; et vous comprenez, n'est-ce pas ? qu'il nous fallait toujours une petite réserve en cas de maladie, d'évènement imprévu ; il y avait la petite à élever, ceci et cela, et, somme toute, cela faisait, l'enfant compris, un ménage de sept personnes. Ma belle-mère était restée toute *patraque* depuis le feu ; M. Monestier lui-même n'avait plus cette activité d'autrefois ; sa ruine foudroyante avait grandement influé sur le moral et le physique : il était triste et réellement affaibli. Sans doute qu'il lui était dur, ayant été patron, de travailler chez autrui ; lui qui avait toujours été son maître, se voir obligé de *trimer* chez les autres, c'était amer ; je le comprenais. Aussi lui épargnais-je autant que je le pouvais tout travail pénible, et souvent il m'arrivait, ma tournée faite de bonne heure, de l'aider dans sa besogne. A la fin même, je lui conseillai le repos. Ça irait comme ça pourrait. Mon père était devenu asthmatique : il toussait que ça faisait pitié. Seule, la tante Babet restait agissante ; elle était pour la besogne d'intérieur d'un grand service à Laurence, qui, sans être précisément malade, avait cependant besoin de repos. Mais malgré que je le lui conseillasse, elle n'en voulait prendre. Quel courage, Monsieur, en cette jeune femme, à qui j'aurais voulu pouvoir donner bonheur et fortune ! Le bonheur nous l'avions, en ce sens que je l'aimais qu'elle m'aimait comme au premier jour : l'accord le plus parfait n'avait cessé de régner entre nous. Elle n'était réellement heureuse qu'auprès de moi ; moi réellement heureux qu'auprès d'elle ; mais elle manquait des douceurs que procure le bien-être.

Pour tout dire, j'avais cru pouvoir m'en tirer, quoique assumant tant de charges ; et je constatais, hélas ! que j'avais trop présumé de mes forces. Cette idée me navrait, sans me décourager pourtant. Je serais mort à la peine, voyez-vous, plutôt que d'abandonner ma tâche.

Une fois, à mon retour de la montagne, je surpris Laurence en train de couper des robes, de monter des bonnets. Elle avait voulu demander au travail de couture et de confection un adoucissement à notre gêne. Je l'en blâmai tout d'abord. Mais elle : « Il le faut bien ; tu ne peux pourtant pas porter, à toi seul, le poids de la situation. » La chère âme songeait à la réserve d'avenir.

De cette façon, elle gagnait un peu d'argent. Mais que de fois mes yeux se mouillèrent à la voir ainsi passer à coudre une partie des nuits ! « Tu te tueras ! » disais-je. Elle me rassurait d'un sourire ; ma présence lui donnait des forces. Mais que de tristesse quand je n'étais plus là ! Maintes fois je crus voir qu'elle avait pleuré. Et un jour que des larmes roulaient sur ses joues amaigries, je tombai à ses genoux, lui demandant pardon de la situation où je l'avais mise, et ces larmes, je les bus !...

— Est-ce donc ta faute, Jean, si nous sommes ainsi ? Ah ! j'en atteste Dieu qui nous voit, nous entend : je suis heureuse dans ma misère, puisque l'affection nous reste et que nous avons une charmante enfant !... Nous nous aimons... n'est-ce point là le vrai bonheur ? Qui sait, si nous avions la fortune, si nous n'aurions pas à subir d'autres épreuves plus douloureuses !... Dieu l'a voulu, ami ; inclinons-nous devant sa volonté et ne murmurons pas.

Et j'embrassais notre petite Laurence, j'embrassais ma femme, cette créature si douce, si résignée, mais que je voyais avec peine user ses yeux dans les veilles, durcir ses mains mignonnes à travailler pour le monde.

— Au moins, ne te fatigue pas trop, lui recommandais-je à chaque instant.

VIII

Le « Père Midol. »

Telle fut notre vie pendant des années ; nous faisions face à nos affaires tant bien que mal. Mon pauvre père était parti, le premier, pour le grand voyage d'où nul ne revient. Ce fut lui, le cher homme, qui étrenna la croix dans la maison. Elle y devait rentrer encore, et dans la même année. Il fut inhumé à Savigny auprès de ma pauvre défunte mère. Sans doute que là-haut ils goûtent tous deux le repos des bienheureux. Dieu, j'aime à le penser, a dû recevoir dans son sein ces deux âmes simples et droites qui, péniblement, avaient tracé leur humble sillon sur cette terre.

Peu après, ce coin de sépulture de famille se rouvrait pour recevoir le corps de notre unique fillette, cette charmante Laurence, l'objet de notre vive affection, l'espoir de nos vieux jours. Oh ! la chère et mignonne enfant... Elle nous fut ravie, en huit jours par une maladie guérissable pourtant, mais dont la science n'avait pu triompher : une angine. Elle était grande déjà, et si bien douée, si affectionnée ! Ce fut moi qui lui fermai les yeux, à la pauvrette ; moi qui l'ensevelis, qui la couchai, là-bas, dans la terre brune. Sa mère, accablée par ce coup terrible, était elle-même entre la vie et la mort, et un instant je tremblai de la perdre aussi...

La perte de mon père m'avait affligé sans doute ; mais on pouvait s'attendre à le perdre un jour ou l'autre. Il était arrivé à cet âge, hélas ! où les mois de vie que Dieu nous laisse peuvent être considérés comme des mois de grâce. Mais elle, la petite ; elle qui débutait dans la vie, passer tout à coup dans les bras de la Mort !... Tenez, lorsque j'y pense, je sens encore mon cœur se briser...

Pour distraire Laurence, ma femme, de la douleur que lui causait la perte de notre fille, je voulus la faire voyager un peu, l'arracher pendant quelques jours à la vue de chers et tristes objets lui rappelant que l'enfant n'était plus là : sa couchette, restée telle quelle dans un angle de la chambre ; les effets qui lui avaient appartenu et dont elle ne pouvait détacher ses regards : il semblait qu'elle voulût ainsi se repaître de sa douleur même. J'eus quelque peine à l'y décider. Nous allâmes peu loin, dans la vallée de la Bienne ; puis à Dortan, à Oyonnax, à Nantua, etc. Ce changement de lieux, cette succession de sites plus ou moins pittoresques donnèrent, en effet, un autre cours à ses pensées. J'appelais son attention

5

sur ceci, sur cela ; elle semblait s'y intéresser. Elle souriait tristement, mais enfin elle
souriait ; c'était toujours cela... Mais le souci
de la maison et de ses hôtes devait bientôt
nous y rappeler.

Moins de cinq ans plus tard, ce qui nous
restait d'êtres chers, à Laurence et à moi,
avait vécu. M. Monestier avait précédé de
bien peu dans la tombe Mme Monestier ;
puis ça avait été le tour de cette bonne tante
Babet. Nous restions seuls, Laurence et moi ;
seuls ! Ah ! faisais-je, plaise à Dieu de me la
conserver le plus longtemps possible, cette
compagne dévouée sans laquelle, je le sentais, la vie n'eût plus été pour moi qu'amère
tristesse, que sombre épouvantement ! Cinq
deuils successifs, et quels deuils ! Je ne suis
pas superstitieux, mais cette remarque faite
tout haut devant moi, il y avait bien longtemps, par les bonnes femmes de Savigny :
« Ah ! quand la croix entre dans une maison !... » me revenait en mémoire et me
frappait douloureusement.

Il fallait lutter sans cesse contre l'inexora-
ble sort ; les économies du bas de laine de la
tante étaient épuisées depuis longtemps ; les
frais de maladie, de funérailles avaient presque tout absorbé la réserve ; nous étions de
nouveau réduits à la portion congrue. Laurence, je ne le voyais que trop, cherchait,
pour ne pas m'alarmer, à me cacher sa situation ; elle languissait, elle sentait d'heure en
heure la vie lui échapper. Puissances du
ciel ! m'écriais-je, ne m'accablez pas de ce
dernier coup. Daignez m'épargner cette suprême catastrophe.

J'avais exigé d'elle qu'elle ne se livrât à
aucun travail ; je voulais qu'elle se tînt l'esprit en repos ; mais, chaque fois que je la
quittais pour ma tournée, je sentais en moi
comme un secret déchirement. Ceux-là ne
savent pas, qui n'ont point passé par de telles
étamines, à quel point les liens d'affection se
resserrent entre deux êtres faits pour s'aimer,
qui ont vécu longtemps ensemble de cette
vie tissue de mal et de bien, de joies et d'a-
mertumes. De la nôtre, le malheur avait eu
la large part ; mais la peine partagée, courageusement supportée par l'un et l'autre, avait
perdu par là de son intensité. De la misère,

cause trop fréquente de troubles dans maints
ménages, l'harmonie du nôtre n'eut jamais
à souffrir. L'amour subsistait, ou plutôt s'é-
tait changé, à la longue, en une sorte d'ami-
tié autrement solide et durable. Si terrible
que fût l'épreuve, on savait être résignés et
confiants. L'espoir nous soutenait encore, et
tant que nos mains pourraient se serrer, nos
regards se croiser, nos cœurs s'ouvrir à l'é-
panchement, on se sentait de force à suppor-
ter l'infortune.

Parfois, cependant, je me prenais à déplo-
rer mon manque de ressources. Si j'étais
riche pourtant, me disais-je, je pourrais lui
donner maintes choses dont elle a besoin ;
confier à de savants docteurs le soin de la
ramener à la santé, de la guérir plus sûre-
ment et plus promptement ; je pourrais lui
faire servir tel ou tel mets qui lui plairait, lui
offrir telle ou telle chose qui lui serait agréa-
ble, l'entourer enfin de toutes les douceurs
de l'existence ; la conduire à telles ou telles
eaux, vivre avec elle sous tel ou tel climat
mieux approprié à son tempérament, à sa
situation... Et rien !

Je la soignais de mon mieux, c'est tout ce
que je pouvais faire ; je ne quittais plus son
chevet. Deux fois par jour, le médecin venait.
Ah ! par quelles mortelles angoisses j'ai dû
passer ! Un jour un peu de mieux ; un autre
jour le mal s'était aggravé : le fait est qu'il
empirait. Elle souffrait sans en rien laisser
voir, et se sentait mieux dès qu'elle avait
une main dans la mienne. Cela dura ainsi
plusieurs semaines. Un matin, après une
nouvelle consultation avec deux de ses con-
frères, le docteur me prenant à part :

— Résignez-vous, me dit-il.

J'avais compris, allez ! et malgré tout, je
fondis en larmes. Le brave docteur me quitta
lui-même tout ému... Je me lavai les yeux,
et, affectant un air calme, alors que j'avais le
cœur brisé, je m'approchai de Laurence. Son
regard, déjà voilé, me cherchait... Dès qu'elle
m'aperçut, je crus voir un sourire effleurer
ses lèvres pâlies ; elle n'avait pu parler. Ce
sourire — le dernier — c'était son adieu. Je
reçus son dernier soupir ; puis, anéanti par
la douleur, je roulai, inerte, au pied de son
lit. . . . .

Ma situation ne peut se dépeindre. Laurence partie, Laurence inhumée à Savigny, je revins à Moirans me réinstaller dans la maison vide... vide, entendez-vous? Ah! cette fois, j'étais bien seul. Tout ce qui m'aimait, tout ce que j'aimais n'était plus. J'étais le chêne debout encore, mais sans force ni sève, privé de rameaux. Le bûcheron de la Mort avait tout sapé autour de moi, sans pitié ni trève. Ah! pourquoi sa cognée n'avait-elle point frappé encore dans ce tronc désormais inutile! Je désirais la mort, et je dois avouer qu'un instant je fus tenté d'aller au-devant d'elle, puisqu'elle-même tardait à venir. Dieu me pardonnera sans doute cette pensée éclose à l'ombre de mon désespoir. Elle ne fit, du reste, que me traverser le cerveau, car je la rejetai presqu'aussitôt comme une pensée impie. Mon heure n'était pas venue... je devais attendre. J'attendis, m'en remettant à Celui qui nous donne la vie et nous la reprend quand il le juge à propos. Je courbai la tête sous ses décrets...

Je n'étais plus Jean Midol pour les gens qui me connaissaient: j'étais le « père Midol. » Mes cheveux avaient blanchi; les rides sillonnaient mon front. Je marchais courbé comme un roseau sous le vent d'orage. J'avais vieilli en quelque temps au point que d'aucuns furent longs à me reconnaître.

Je continuai de faire mon service de piéton avec une régularité mathématique, pourtant, et sans plus songer à autre chose. A quoi cela m'eût-il servi désormais? Que m'importait le plus ou moins de gain? Toutes mes affections s'en étaient allées... toutes, non; il m'en restait une : celle de mon chien Soliman, qui ne m'avait jamais quitté. Il me rappelait lui-même tout ce que j'avais perdu, et quand il levait sur moi ses grands yeux intelligents, on eût dit d'un regard humain : il comprenait ma peine.

IX

Un guet-apens.

Vous avez pu remarquer que si l'hiver, dans ces montagnes, est d'ordinaire rude et rigoureux, l'été est bien souvent terrible à sa manière. Si l'hiver c'est la trombe, l'avalanche; l'été ce sont les insolations. La chaleur y est excessive en maints endroits, surtout dans les gorges peu profondes et sur certains plateaux à fond de rochers. C'est à ce point qu'il m'est arrivé de comparer la chaleur qui règne en ces latitudes à l'atroce chaleur africaine dans le désert du Sahara.

Un jour, j'arrivais exténué à Etival, par un soleil chauffé à blanc, un soleil à vous cuire un œuf à la coque pour peu qu'on l'eût exposé deux minutes à ses rayons brûlants. Mon service m'appelait à l'autre bout du village, dans les maisons isolées du pied de la côte. Dans la première où j'entrai, je trouvai le patron assis devant une table servie et en train de déjeûner. Il attendait avec impatience, me dit-il, la lettre que je venais de lui apporter, et, pour me témoigner sa satisfaction de l'avoir reçue, il voulait me faire une politesse en me conviant à son repas. Je refusai; il insista. — Au moins, acceptez un verre, père Midol. Il me connaissait comme à peu près tout le monde, là-bas; je ne le connaissais, moi, que de vue, c'est-à-dire pour l'avoir croisé quelquefois par le village. Je ne crus pas pouvoir refuser de trinquer, me promettant, ce verre bu, de repartir aussitôt. Mais, soit la fatigue, soit le besoin de me rafraîchir, qui me fit trouver ce vin bon, je n'eus pas le courage de décliner l'offre d'un second verre, puis d'un troisième, puis d'un quatrième. Mais ce dernier vidé, je me sentis mal à l'aise; la tête me tournait; je voyais double. Un nouveau verre me fut versé; je refusai de le boire et j'essayai de me lever... Impossible! un invincible besoin de sommeil me clouait sur ma chaise. Je dormis...

Combien de temps dura mon sommeil? je l'ignore. Ce que je sais trop bien, c'est qu'à mon réveil j'aperçus mon hôte occupé à fouiller dans mon sac, qu'il m'avait enlevé, car je ne le quittais jamais en route. Un second personnage, qui n'était autre que le Bouquin, l'aidait dans sa criminelle besogne, car je ne doutai pas un instant que je ne fusse tombé dans un piège. Précisément, ce jour-là j'avais des valeurs, entr'autres une lettre chargée pour un négociant de Châtel-de-Joux, l'adjoint au maire de la commune. Je compris tout : et cette insistance à me verser à boire, à moi qu'on savait si sobre, et ce sommeil de plomb qui m'avait anéanti... un narcotique sans doute, mêlé au fatal breuvage... pour me voler... m'assassiner peut-être...

Je n'étais plus ni fort, ni alerte comme à trente ans, mais je vous assure que ceci me rendit toute ma vigueur, toute mon élasticité d'autrefois. D'un bond, je m'élançai sur les deux misérables qui, me tournant le dos et me croyant sans doute encore endormi, s'imaginaient pouvoir accomplir tranquillement leur honnête opération. D'un coup de poing j'étendis à terre le Bouquin, qui alla rouler sous la table, et, saisissant au collet son digne acolyte, je l'acculai à la muraille, le secouant de rude façon :

— Ah ça ! coquin, criai-je, penses-tu par hasard pouvoir voler impunément le père Midol? Non pas, mon drôle, et tu vas me remettre la lettre que je te vois à la main, sinon je t'étrangle...

Et, ce disant, je lui serrai la gorge de telle manière, que force lui fut d'obéir à mon injonction.

Mais j'avais compté sans le Bouquin qui, s'étant relevé, m'enfonçait, par derrière, ses ongles crochus dans le cou, tandis que l'autre, que j'avais imprudemment lâché, m'assommait de coups de poing. Je criai, j'appelai Soliman.

Ils ricanèrent.

— Crie, appelle !... je te réponds bien que nul ne t'entendra... Porte close... pas de Soliman... Il nous faut les deux mille francs que tu portes dans ton sac, à l'adresse de l'adjoint au maire de Châtel-de-Joux, clamait le Bouquin.

— Oui, il nous les faut, et tout de suite, ajoutait Jacques Brugnon, mon hôte perfide.

Deux mille francs... c'était bien la somme accusée en suscription par l'envoyeur... pour l'adjoint de Châtel-de-Joux. C'était cela... Comment avaient-ils pu savoir que j'étais porteur de ce pli ?... Heureusement qu'ils ne l'avaient découvert, ayant eu, moi, la précaution de l'enfermer — comme toutes les

lettres à valeurs — dans un compartiment séparé et dont j'avais la clef. Ainsi, ils osaient l'avouer : c'était aux billets de banque qu'ils en voulaient... et peut-être auraient-ils eu le temps de forcer la cachette si, comme je ne tardai pas à l'apprendre, le soin d'enfermer Soliman au fond d'une de ces caves dans lesquelles on descend par un *trapon* pratiqué à l'intérieur de l'habitation leur avait laissé ce loisir. Peut-être même cette cave se trouvait-elle au-dessous de la pièce où se passait cette scène.

Quoiqu'il en soit, je me serais fait tuer plutôt que de céder. Je me défendais de mon mieux, mais j'avais à faire à forte partie ; je me débattais entre ces deux fripons, et dans la lutte, mon sac, resté entr'ouvert sur une chaise, tomba, et les lettres s'éparpillèrent sur le plancher.

— Que pas un de vous n'y touche, criai-je, ou gare à lui !

L'exécution devait suivre de près la menace : Brugnon s'étant empressé de ramasser les lettres à portée de sa main, tandis que le Bouquin me serrait toujours par derrière, je lui assénai sur la nuque un si vigoureux coup de poing, qu'il tomba évanoui à la place même qu'avait occupée son compère.

Mais je n'avais pu que me dégager à demi des mains de fer qui m'enserraient. Je fis un dernier effort, mais inutilement ; mes forces étaient épuisées. Je râlais. Tout à coup je sentis passer sur ma peau comme le froid d'une lame. Le digne compagnon de Nicolot allait me plonger un poignard dans la poitrine. L'arme avait brillé devant mes yeux comme un éclair, mais je l'avais reconnue... c'était la même... celle dont l'autre s'était servi au Ravin du Crime !

D'un mouvement plus prompt que la pensée, j'avais saisi le bras du meurtrier au moment où il allait me frapper en plein cœur ; mais si j'échappai ainsi à une mort immédiate et certaine, je n'échappai pas à la blessure ; je n'avais pu que faire dévier le coup, non l'empêcher... J'étais atteint, mon sang coulait. Bien que la vie ne m'eût pas abandonné, j'étais étendu sans mouvement sur le parquet. Mon heure, paraît-il, n'était pas encore venue.

L'assassin me croyant mort sans doute, on jugeant que je n'en valais guère mieux, me laissa aussitôt pour courir sus au sac de poste et l'emporter. Mais un bruit, venu du dehors, l'arrêta... Des cris, auxquels se mêlaient les gémissements de mon chien, l'avertirent-ils qu'il allait être pincé? Toujours est-il qu'il fut aux écoutes. On était en train d'enfoncer la porte qui, bien que verrouillée à l'intérieur, finit par céder. Des gens firent irruption dans la cabane, cherchant à s'emparer du Bouquin, qu'ils supposèrent bien n'être point là pour faire œuvre pie. Le sang de ma blessure, qui avait rejailli sur ses mains, en disait assez, du reste.

Rassemblant ce qui me restait de forces, et me soulevant, alors, avec effort :

— Prenez garde, leur dis-je ; il est encore armé du poignard dont il m'a frappé.

Une voix d'outre-tombe n'eût pas plus stupéfié le Bouquin, qui, soudain, pâlit, essaya vainement de fuir et, finalement, se voyant désarmé, tenu en respect par tout un groupe d'habitants, armés pour la plupart, comprit que toute tentative de résistance devenait inutile. On l'emmena, de même que son complice, lequel n'avait été qu'étourdi du coup que je lui avais porté.

— Leur compte est bon, disait l'un.

— Il n'est pas trop tôt, faisait un autre, que l'on purge la commune de ces deux vauriens.

Comment Soliman avait-il pu s'échapper de la cave, dans laquelle il avait dû être ou précipité ou attiré par quelque appât ? Peut-être y était-il tombé de lui-même par la trappe béante s'ouvrant tout à coup sous ses pattes ? Vraisemblablement il avait dû en sortir par un de ces soupiraux appelés *larmiers* dans le pays, assez grands d'ordinaire pour qu'un chien, même de forte taille, y puisse passer au besoin, et que, dans l'organisation de leur infernal complot, les malfaiteurs avaient — heureusement pour moi — négligé de boucher ; car qui sait, sans cela, si je serais sorti vivant encore de leur repaire ? Le reste s'expliquait : la bonne bête avait, en deux bonds, gagné le village, en faisant comprendre que son maître était en danger ; en un mot, il avait agi à Etival comme autrefois à Châtel-

de-Joux, lors de la trombe de neige. De là les secours.

Mais une chose encore restait obscure, inexpliquée : la présence aux mains du Bouquin du couteau-poignard de Nicolot — car il n'y avait pas à s'y méprendre, c'était le même — celui que j'avais, moi, lancé dans le ravin. Nicolot était donc revenu l'y chercher... dans quel but ?... sans doute pour faire disparaître toute trace accusatrice en cas de dénonciation ; mais comment avait-il pu... Après cela, peut-être ce couteau-poignard était-il resté à peu de distance fixé en terre par la lame ? Où et comment avait-il pu tomber en la possession du Bouquin ? Je n'y perdais...

Les lettres replacées dans mon sac — et le compte y était ; j'en savais le nombre — on me transporta dans l'auberge du bourg, où je reçus les soins que nécessitait mon état. Le fils du maire — un digne garçon — avait bien voulu se charger d'achever ma distribution. J'étais un ami pour cette population qui, de longue date, connaissait « ce brave père Midol, lequel avait failli être victime d'un odieux guet-apens : » ainsi s'exprimait-on. Aussi, il fallait voir les témoignages de sympathie qui me venaient de l'un et de l'autre ; il fallait entendre les malédictions dont on poursuivait les deux sacripants, dont l'un, Jacques Brugnon, ne valait guère mieux que le Bouquin, bien qu'il ne fût pas, comme ce dernier, repris de justice.

— Avant d'accepter de quelqu'un, il faut savoir quel il est, me faisait-on observer avec juste raison. Comment ! il n'était pas dans Etival une famille — sauf les lépreux du bas de la côte — qui ne se fût fait un plaisir de m'avoir à table et de m'offrir les rafraîchissements dont j'avais besoin, et c'était précisément chez un de ces *mandrins* que j'allais tomber ! Je comprenais bien tout ceci, mais je n'étais pas d'un naturel méfiant ; je n'étais pas non plus quémandeur. Vous voyez que l'expérience s'acquiert à tout âge. De ce moment je conçus pour le vin une telle aversion, qu'il ne m'arriva plus d'en boire pur ; je m'en tiens à l'eau rougie.

Pour en finir avec cette affaire, je vous dirai que le Bouquin fut, plus tard, condamné à dix ans de réclusion ; son co-accusé, à cinq ans de la même peine.

X

COUP DE FORTUNE. — LE COURONNEMENT D'UNE CARRIÈRE D'HONNÊTE HOMME.

Au bout de quelque temps, j'étais guéri, et guéri sans bourse délier. L'aubergiste s'était déclaré soldé de ses frais, le pharmacien de ses médicaments, et le médecin de ses honoraires. L'administration, auprès de laquelle j'étais bien noté, du reste, avait pris tout à sa charge. Cette attention de mes chefs me toucha d'autant plus, que je n'étais guère en fonds à ce moment-là, et fut cause que je continuai d'exercer mon métier de piéton, que plus d'une fois, vous le savez, j'avais songé à quitter. Mais misère pour misère, autant valait celui-là qu'un autre.

Dans quelles transes, me disais-je en regagnant ma demeure, cet évènement aurait plongé ma pauvre femme, s'il se fût produit de son vivant ! J'avais été imprudent, et de cette imprudence je demandais pardon à sa chère mémoire. Oui, c'est comme j'ai l'honneur de vous le dire : il me souvient que je m'agenouillai sur un mètre de pierres au bord de la route, et que je priai pour elle, pour eux tous et un peu pour moi-même.

J'avais deux ans encore avant d'être mis à la retraite, quand un soir, que j'étais en train de souper — car j'apprêtais moi-même mes modestes repas — on frappe à ma porte que je m'empresse d'ouvrir. C'était la fortune qui entrait chez moi, la fortune en habit noir et en cravate blanche, dans la personne d'un notaire de Moirans.

Il vous souvient sans doute de ce frère de mon père, Barthélemy Midol, dont j'ai parlé au commencement de mon récit. Eh bien ! cet oncle, que je n'avais jamais vu, qui avait quitté la France pour aller je ne sais où, et depuis n'avait pas donné de ses nouvelles ; cet oncle célibataire, qu'on avait cru mort et qui, en effet, était décédé, mais tout récemment, à Baltimore, où il avait géré un commerce florissant ; cet oncle s'était enrichi et me laissait toute sa fortune, argent et valeurs, évaluée à plu-

sieurs centaines de mille francs. J'étais, à vrai dire, le seul parent de Barthélemy Midol, et le notaire ajoutait que je pouvais entrer aussitôt en possession de l'héritage, son correspondant des États-Unis, nanti des fonds, devant me les faire parvenir sans plus de retard par son intermédiaire.

Vous vous imaginez peut-être que la nouvelle de cette fortune inespérée me jeta dans des transports de joie ? Eh bien ! point. Elle me surprit étrangement, voilà tout. J'étais riche ! Ce mot « fortune, » qui tinte si agréablement aux oreilles du pauvre, devait, pensez-vous sans doute, résonner non moins agréablement aux miennes ; moi, qui avais été presque constamment besoigneux, je devais intérieurement me réjouir de cette superbe aubaine ? Non encore. Assurément, je ne fus pas fâché d'apprendre que la richesse daignait me tomber des nues. Avec ça, pensai-je, je suis à peu près sûr de ne point finir sur un lit d'hôpital : c'est le repos après l'agitation ; cela m'assure une vieillesse tranquille ; heureuse, non. Par une bizarrerie, je devrais dire une amère ironie de mon sort, cette fortune arrivait trop tard ; oui, trop tard, et c'est là ce qui m'y rendait presque indifférent. Ces choses-là se voient plus souvent qu'on ne croit, au cours de la vie. Ainsi, moi, j'ai connu des gens très laborieux, très économes, bien intentionnés, désireux de réussir et qui s'épuisaient en efforts stériles, faute d'aide et de secours, sans pouvoir acquérir un peu de bien. De même, il n'est pas très rare encore de voir des parents riches laisser des enfants aux prises avec la misère, assister à leurs luttes sans leur tendre la main, et se dire : « Après tout, ce que nous possédons est pour eux, rien que pour eux... » C'est un temps d'épreuves plus ou moins long à passer, après quoi ils seront riches. » Et il arrive ceci bien souvent : ou que ces enfants, abandonnés à leurs seules forces, meurent à la peine avant ceux de qui ils devaient hériter ; ou que, si cette aubaine a pu leur échoir, ces mêmes héritiers ne sont plus d'un âge ni d'une santé à pouvoir jouir de cette fortune tardive. L'héritage, les secours sont venus, mais non plus à l'heure opportune...

Ce sont là des réflexions générales, tout à fait en dehors de mon sujet, mais qui s'y rattachent au moins par un côté : le défaut d'opportunité.

Ah ! si ce lot me fût échu quelque vingt ans plus tôt, alors que, nouvellement marié, j'avais peine à suffire aux besoins de tous les miens ; quel changement, quelle joie ! Comme alors j'aurais pu embellir l'existence de tous ces êtres qui m'étaient chers, ma Laurence chérie, ma Laurencinette, tout le monde !

Mais à ce moment, seul et cassé comme je l'étais, qu'avais-je besoin de tous ces biens ? Qu'en faire ? Introduire un peu de bien-être dans mon existence, ou plutôt dans ce qui me restait d'existence... cesser de courir les chemins... goûter un repos qui m'était bien dû ? Mais après ? Je n'avais jamais eu les goûts du luxe ; j'étais sobre ; un rien me suffisait pour vivre. A la vie que j'avais menée jusqu'alors, j'étais accoutumé, rompu. Je n'aurais su me faire, si tard, à l'opulence, et peut-être qu'un trop grand bouleversement dans mes habitudes m'eût été funeste.

Si aveugle pourtant que soit, dit-on, la Fortune, elle est un instrument dans la main de Dieu, et Dieu est bon. En me comblant des dons de la richesse, au seuil de ma vieillesse, la Providence avait sans doute ses vues. Or, il ne m'appartenait pas, à moi chétif, de chercher à scruter les desseins d'en-haut. Je devais m'incliner devant les décrets d'un Être suprême. Qui sait, me disais-je, si ce bien m'arrivant plus tôt, dans la fougue de la jeunesse ou dans la force de l'âge mûr, j'en aurais fait bon usage ? Peut-être vaut-il mieux qu'il en soit ainsi.

Mon premier soin fut de consacrer à des services funèbres annuels, en mémoire de mon oncle Barthélemy et de tous mes parents, une somme déterminée ; puis, de faire élever, dans le cimetière de Savigny, un caveau de famille où, vraisemblablement, je reposerai un jour ; de donner un corps à mon rêve, en me faisant construire une petite maison simple, mais commode, sur l'emplacement de l'ancienne, et de contribuer, dans la mesure de mes moyens, à l'édification d'une maison d'école et d'une salle d'asile

dans mon village natal. J'avais pu apprécier, au cours de ma vie tourmentée, tous les bienfaits de l'instruction. J'étais, à la vérité, au moins aussi instruit que le commun des facteurs ; je ne l'étais pas assez pour avoir pu embrasser telle ou telle autre carrière. . . . .

A cette heure, j'habite la petite maison de Savigny ; la fortune ne m'a pas changé : tel j'étais avant, tel je suis resté depuis. Je suis, pour tous ceux qui me connaissent ou m'ont connu, Jean Midol, ou plutôt le père Midol ; on ne m'appelle plus autrement. J'ai pour tout domestique une bonne vieille femme du pays, qui fait mon ménage et ma pot-bouille d'autrefois. Ayant souffert moi-même, je sais compatir aux souffrances d'autrui : je fais tout le bien qu'il m'est possible de faire.

L'habitation des Monestier est, depuis longtemps déjà, relevée de ses ruines. J'ai été moi-même l'architecte de la construction et, m'aidant autant que j'ai pu de mes souvenirs, j'ai bâti la nouvelle maison sur le plan de l'ancienne. J'ai tenu, notamment, à ce que la pièce — que j'appelle toujours la chambre de Laurence — ressemblât à celle qu'elle occupait d'ordinaire, et où mon cœur s'ouvrit pour elle aux charmes de mon premier, mon seul amour. Châtel-de-Joux est ma résidence d'été cette année, il m'arrive d'y rester, quand les neiges ne sont point trop hâtives, jusqu'en plein automne. C'est au retour de mon excursion en montagne que j'ai pris la liberté de venir saluer le fils de mon ancien maître, M. Gaston Desprels.

Vous avez mon histoire.

A ce moment, si je jette un regard sur la route parcourue ; si je pèse, si j'examine mes pensées et mes actes, je puis du moins me rendre ce témoignage, qui est pour l'homme à son déclin la plus douce consolation : c'est que, parmi tant d'épreuves, j'ai pu demeurer honnête, simple et droit, et que je n'aperçois rien dans mon existence, déjà longue, dont je puisse réellement avoir à rougir.

J'espère pouvoir jusqu'au dernier moment continuer mon œuvre de bienfaisance, et même léguer aux pauvres, à des établissements de charité, ce que je laisserai après moi. Ce sera le couronnement de ma carrière d'honnête homme. Heureux qui peut se dire, à l'heure de la mort : « Je n'ai pas fait de mal, et j'ai fait un peu de bien ! »

TABLE DES CHAPITRES

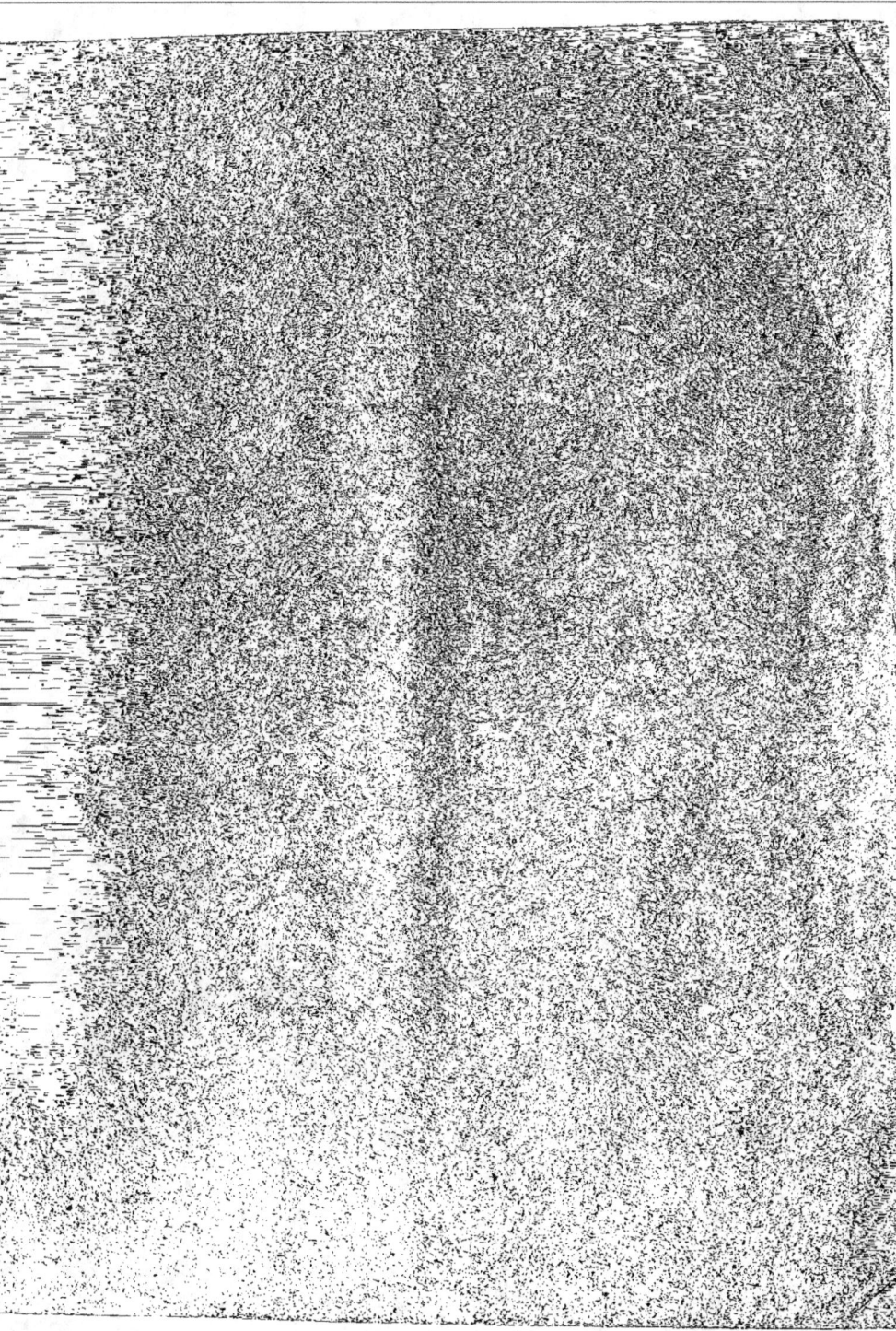

www.ingramcontent.com/pod-product-compliance
Lightning Source LLC
Chambersburg PA
CBHW060841180626
46818CB00004B/1528